안개의 저쪽

시작시인선 0453 안개의 저쪽

1판 1쇄 펴낸날 2022년 12월 2일
지은이 김은옥
펴낸이 이재무
기획위원 김춘식, 유성호, 이형권, 임지연, 홍용희
책임편집 박예솔
편집디자인 민성돈
펴낸곳 (주)천년의시작
등록번호 제301-2012-033호
등록일자 2006년 1월 10일
주소 (03132) 서울시 종로구 삼일대로32길 36 운현신화타워 502호
전화 02-723-8668
팩스 02-723-8630
블로그 blog.naver.com/poemsijak
이메일 poemsijak@hanmail.net

ISBN 978-89-6021-683-9 04810
978-89-6021-069-1 04810(세트)

값 10,000원

*이 책은 경기도, 경기문화재단의 후원을 받아 발간되었습니다.

안개의 저쪽

김은옥

천년의 시작

시인의 말

내 피붙이와
그 여린
가지들에 바칩니다
내 사랑들에도
늘 봄이 오기를

살아오면서 상처 준 모든
사람에게 미안하다
그분들에게 바친다

2022
김은옥

차 례

제2부 안개의 저쪽

제3부 은행나무

제4부 단단한 긍정 속으로

해 설

제1부 나팔 소리

꽃밭에서

오겠다던 그, 게 언제였나
십 분이 삼십 분이 한 시간이 삼 년이 누구 이름인가

그가 왔다
웃는 입 내미는 손 나는
웃지 않는다 잡지 않는다
그의 입이 보라 꽃으로 보인다
그의 코가 노란 꽃 같다
눈동자는 빨강 귀는 파랑 분홍은 어디에 있나
꽃을 줄 세우며 복사 또 복사 횡대 종대로 늘어놓고
종種끼리 색色끼리 맞춰 가며 논다
오르고 또 오르면 못 오를 리 없을
어느 날의 결심들까지 불러 모아서 진심을 다해
불면보다 더 지독한 꽃 불면
잠 속에서까지 줄줄이 나타났다 톡 톡 톡 사라지며

그가 온다 그 이름이
꽃 불면 호호 불면
꿈속에서도 그, 가……
불면의 꿈속으로 그, 가……

석류

도마가 흥건하다
그 흥건함이 두 손 가득 물들어 온다
이 아침을 붉은 개구리라 하자
알밴 개구리
알들이 쏟아진다
목숨이란 것이
이리도 시큼했었나
아삭 씹힌다
톡톡 입 안에서 터진다
뛰어난 칼잡이는 칼자국을 남기지 않는다는데
주방이 칼날이 상처로 가득하다
붉음이 온몸으로 번진다
곧 붉은 알들을 낳겠다
피범벅 된 아침을 씹어 삼킨다
알들이 입 안에 가득하다
아침노을을 붉은 알들이라 하자
곧 올챙이를 낳겠다
칼을 씻는다
도마를 씻어 내며
또 다른 아침이 붉어 오는 것을 바라본다
내일도 수많은 아침이 톡톡 터지겠다

사과꽃 치과

아기 손톱 닮은 작은 꽃잎들 반짝입니다
연분홍 종소리에 매달려
하얀 이빨 드러내며 자랑합니다
오늘은 과수원 적화 검진 있는 날
물뿌리개 든 여우비가 이빨 하나하나마다 다녀가십니다
햇살도 고루고루 지나갑니다
아직 돋지 않은 큰 어금니
밤새 시큰시큰 심장 소리
첫 월경 빛 종소리
첫사랑이 우지끈 태풍에 뽑히기도 합니다
그 많던 사랑니 뽑힌 자리마다 열매가 열렸어요
피 묻은 사랑니 다 어디로 갔나요
사과밭마다 빛나던 꽃들의 아우성은

번개팅

번개가 걸터앉는 창턱에 비도 들어와 비껴 앉는 저녁

오늘번개어때요 마리부친상금요일발인 연희돌잔치초록뷔페 경아와혁이가결혼합니다축하해주세요*^^* 7월25정오국민초등동창회 엄마지금도착했어요내일은몰타로들어가언니비피해없수? 띵동 까똑 띵동 까똑 띵동

탄생의 문자와 죽음의 문자가 악수합니다
언니 우리 딸이 방금 아들 낳았다구요ㅎㅎ
산부인과 회복실과 장례식장 특실이 교신합니다
졸고 있는 상주의 꿈속으로 몰아치는 비바람이
웨딩드레스를 마구 짓밟고요
리무진에 씌웠던 화관들을 후드득 뜯어내고 있습니다
엘리베이터가 정중하게 문을 여닫습니다
입관이 곧 시작되오니 상주는 내려오시랍니다
조문객 떠난 장례식장 복도가 텅 빈 동굴 같습니다
그 동굴 안으로 천둥이 굴러옵니다
푸른 섬광에 드러난 문자들이 서로 낯설어서
까똑까똑 어색하게 인사 나누다가
까또그르르르…… 자지러집니다

번개가 마구 꽂히는 기지국 북한산 관악산 남산 도봉산
피뢰침들도 부르르 몸을 떨지요

전화기는 젖어도 이미 떠난 문자는 젖지 않는다
무제한 요금제 속 터널에서 데이터의 꼬리가 진저리를 친다

나도 창턱에 귀신처럼 걸터앉는다
오늘 번개 어때요?

봄 여름 가을, 거울

책을 너무 많이 읽어서 책이 체한 날
거울 앞에 서면 거울이 마구 불어나 보인다
음식을 많이 많이 먹고서 거울 앞에 서면
거울이 쪼그라든다

봄이 무엇인지도 모르는
비누 거품같이 네가 자란다
거울이 너를 반사하며 논다
네가 거울에 저장된다

여름이 지나가는 동안
여름이 무엇인지도 모르며
여드름 같은 열꽃 피우더니
열꽃 가라앉듯 거울이 시들었다
모두가 거울 속으로 들어갔다

거울도 거짓말을 한다
내가 거울에게 가르쳐 주었다
거울 속으로 눈 내린다
거울 속에 찍힌 발자국은 누구 것일까

책을 너무 많이 읽어서

책이 체하던 날이었다

언 살로 만든 새 신발 신고

열망한다
열망할수록 더욱 차가워진다
건너편에도 그 건너편에도 건널 수 없는 눈동자 사방이 닫힌 눈동자들
네 눈 속 깊은 곳 막다른 시신경 뿌리까지 따라 들어가 보았으나
뇌압이 부풀어 터진다

어느 곳은 음침 어느 곳은 절벽 어느 곳은 다정 어느 곳은 삭막
열망한다 비가 멎기를 태풍이 물러가기를 태양이 눈뜨기를 열병이 가라앉기를 눈이 내리기를

기다린다 기다리다가 또 기다린다 기다림이 기다림을 기다린다 네 눈이 절벽 같다 네 눈은 깜박이다가 직각으로 얼어 수직으로 떨어지곤 한다 얼어붙은 눈동자가 앞을 가로막고 네 눈 속에서 빙하가 녹아내린다 그 위에 눈보라가 몰아치고 발 디딜 틈새 하나 없는 그 눈보라 절벽에 부딪쳐 너는 자꾸 쓰러지고 눈 속 깊은 어딘가 너를 부르는 소리

>

네 눈동자에서 불어오는 사막의 모래 폭풍
들어간다 네 눈 속 모래 폭풍 속으로 맨발로

들어간다 너를 신고서 너는 너덜너덜 살점 군데군데 피맺히고 흩어지면서 그래도 들어간다

빙하가 오고 가고 또 오고 가기를 여러 번 새살이 돋아 오른 너를 갈아 신고 앙상한 발가락을 구부려 가며 찢기고 또 다시 피 흐르는 몸 뼛속 벌거벗은 바람 속으로 들어간다 피의 족적이 움푹움푹 패인다 붉은 눈알을 감추려 눈꺼풀을 접으려 애쓰며 네가 흘린 피로 사막은 뿌리까지 젖어 들고 네 몸은 뼈가 드러난다

너는, 너는 네 눈 속으로 형체를 뚝뚝 떨구며 더욱 깊이 들어간다

지금 신는 신발은 네 살로 만든 신발이다
이제야 네가 보인다

나팔 소리

고양이가 꽃 마술을 하고 있습니다
입 속의 샐비어를 나팔 소리처럼 보여 줘요
담장 따라 불꽃이 자라고 있어요
해 그림자도 담벼락에 기대어 꽃불 구경하네요
저 그림자 필름이 흐려지기 전에
솜뭉치 발바닥이 떠오르는 장면을 보여 줘요
불꽃같은 전개는 없어도 좋아요
사자 풀 뜯는 소리면 더 좋아요

쥐뿔도 모르는 소리라고요?
촉 좋은 수염 몇 가닥 있지 않나요
언제라도 튀어 오르게 말입니다
쿨럭이며 쏟아져 나오는 정체되지 않는 침방울들
허구를 모르는 재채기가 시작됩니다
입술에 발랐던 바셀린이
마시던 커피 물에 옮겨졌네요
번진 석유 젤리 기름띠가 오래된 폐수 같아요

폐수를 딛고 떠오를 아름다운 무지개를 기다려요
거기 상상 속 무지개를 타고

활짝 핀 샐비어 한 송이 드디어 날아올라요
빨주노초파남보
밀림의 카멜레온 흉내를 내며 말이지요
극적 내레이션 하나 얼른 끼워 넣으세요
푸른 소리를 감추고 고개는 드높이 드높이
기록되지 않을 골목길 이야기입니다

불씨를 간직한 뜨거운 축축한 어두운 아늑한
재의 아궁이를 집으로 삼았다

'모든'이 시작되었다

모든이 인사도 없이 피식거리는 불씨에 입김을 분다 끝난 듯 끝나지 않은 듯 모든이 되살아난다 모든이 불붙는다 쉽게 타오르지 못했던 모든이 횃불처럼 이글거리며 고개를 쳐든다

타오르던 아궁이가 활활 뜨겁던 아궁이가 타오름에 열중하던 아궁이가 화를 식히며 침묵에 잠겨 가는 아궁이가 되어 나로 이전되던 날 나는 모든 것을 떠나 아궁이 속으로 들어가고 싶었다 삐딱하게 가로세로 얽혀 있는 내 시간들의 재를 긁어내어 뻣뻣해진 가죽 같은 손으로 아늑하게 쓸어 눕혀 주고 싶었다

모든의 끝은 무얼까 모든이 엉망이 되어 가고 있다 수많은 횃불처럼 타오르던 모든이 꺼져 간다 나는 타오르다 꺼져 가는 모든의 검불을 뒤집어쓰고 길을 나선다 지금은 받을 수 없는 모든에게 전화를 걸며

폐교

문득 폐허가 기울어지며 철문을 건드리자
철문에서 목 긁는 소리가 난다

폐가에 사는 귀신이 내 몸 갈비뼈를 사다리 삼아
이 나무 저 나무 꽃 피우고 다닌다

교실 창틀에 비치는 맑은 죽 그릇 바라보며
빈 봉투 한 아이 서 있다
육성회비 안 낸 사람 누구누구 칠판 옆에

종……

종種이었는지 종棕이었는지 종柊이었는지 또는 종踪이었는지 종伀이었는지

종鐘이었는지 그리고 종終이었는지

누가 가둬 놓았었나

진정 종이었는지 아니면 송이었는지 오였는지 심장에 관념의 창조자를 모셔 놓고 성호를 그으며 통성기도에 몰입하는 이데아의 그림자들은 스스로 그 소리가 너무도 소란하여 알아들을 수 없을 것이다 캄브리아기 이전부터의 류類가 말씀하시기를 류類의 종種은 플라톤의 그림자가 끌고 다니는 경비병 같은 순례자들이 골목을 누비기 훨씬 전부터 골목을 돌고 돌아서 가지를 뻗어 나갔다 머나먼 고생대부터 이어져 온 종이라 불리는 생명나무의 무수한 가지들은 골목에서 도시로 나라로 대륙으로 세계로 오래오래 이어 나가고 어느 종은 멸종했다가 새로운 종이 되어 다시 태어나고 소멸과 생성을 반복하는 순환이라 종의 류는 어떤 존재인가 인류의 어머니인 '아르디Ardi'인가

어떻게 사느냐가 아닌 어디에 태어나느냐가 중요하더라는 말을 네가 했었지 류가 부여했던 계界 문門 강綱 목目 과科

속屬 종種을 원망하는 뼈를 곧추세운 너도 생명나무의 한 가지에서 선택받아 태어난 너무도 아름다운 대자연의 숭고함 류類의 한 줄기

종을 낳아 준 류가 말했다
"적어도 나는, 죽음이 두렵지 않아"*

드디어 내 귀에도 종소리가 들리기 시작했다

* 다윈이 임종 때 부인 엠마에게 하고 간 말.

끝나지 않는 질문

저 몸은 누구의 몸인가
꿈속의 꿈속까지 따라 들어와 누워 있는
저 아가리에서 살모사가 꼿꼿이 고개를 들고
배밀이하며 나온다
번뜩이는 살기
두 줄기 어둠 같은 혀가
독기를 품고 오래된 질문을 날름거린다

저 꽃은 누구의 독인가
누가 뱉어 놓은 독설인가
저 독은 스스로 독이었는가
꽃은 독의 천국인가 불구덩인가
저 혀는 오직 꽃이어야 했는가
귀에 독액을 부어 넣는가
똬리에서 풀려날 수 없는 불면의 저승이여
쩍쩍 갈라지는 마른번개는 지치지도 않는구나
검은 꽃이 푸른 광기로 번쩍인다

저 독은 도대체 누구의 혓바닥인가
질문이 누런 침을 뚝뚝 흘린다

독액이 흘러내리는 자리마다 잘못된 활자들을 마비시켜 버린다
마비되고 굳어져 가는 몸뚱어리들
활자들의 잔해를 지나치면서
신선한 질문을 뚝뚝 흘리며
새로 태어난 활자들을 온몸에 두르며 간다

죽음으로 향하는 말도 있다

습관처럼 질주하던 말이
오늘도 이십사 시간 불 밝히는 식당을 기웃거린다
말끼리 한 잔 또 한 잔에
속내를 트림하는 말
위장의 쉰내는 우리들의 말을 서로 반복하게 한다
서로의 냄새에 무척 민감한 어미 다른 말들
뒷발에 걷어차인 소리로 언론사
윤전기 위에서 날뛴다
이리 차이고 저리 차인 활자들이 울부짖는다
몸부림치다가 고삐를 풀고 뛰쳐나간다
신호등 하나 껌벅이는 시간에도
말들은 수만 마리 새끼를 낳는다
초원의 말들은 살기가 없다
당근을 독점한 유비 통신들이 꼭두새벽부터
갓 낳은 새끼들에게 모종의 살기를 불어넣는다
강한 말은 펜 끝에서 나온다
가장 더러운 말도 펜 끝에서 나온다
새끼들 입에서 거미줄 같은 말들이
줄줄이 쏟아져 나온다
말이 말 타고 달리는 새벽

죽음도 모르고 날뛰는 말들 사이

진정한 말은 펜 끝에서 죽는다

헝클어진 오후

시화공단 굴뚝마다 숨이 거칠다
언제부턴가 민들레가 보이지 않는다

갈대 사이로 철새 몇 마리 데면데면 지나간다
흰 머릿결이 하릴없이 흔들린다
진중하게 잠복근무 중인 새들은
언제나 주정차 위반을 한다 임대료도 없이
어떤 놈은 호수의 얼어붙은 정신을 송곳니로 찍어 보기도 하지만
살얼음 아래 몸을 던졌던 젊은 부부의 그 깊디깊은
수직의 출처에는 관심이 없는 듯하다
투신에 관통당한 충격으로 수면은 아직도 부들거리는데

최저임금에 못 박힌
독버섯이 무럭무럭 증식하던 오장육부가 서서히 무너져 내렸다
최저임금을 배웅하던 민들레
부황 든 그 민들레는 어디로 갔나

호수가 수시로 울컥거린다

철새마다 흔들리는 어둠을 지니고 있다
새들의 주둥이가 길어지는 사이 눈구름은 벌써
오늘의 저쪽 편을 가리킨다

호수에 파랑이 일 모양이다
철새는 철새끼리 물결은 물결끼리 바람은 바람끼리
모두 이런저런 생각을 빠트리고 간 뒤에도
해결되지 않는 냄새들이 밑바닥부터 엉켜 올라와
늘 부글거리는 호숫가

길 또는 꿈

내 집을 두고
꿈이 저 혼자 집 찾아 헤맨다

십 년이 손을 쥐었다 펴는 사이에
어디로 빠져나가 버렸다
이십 년이 사십 년을 또 보내면서 아직도 꿈은
모르는 방 안에 홀로 앉아 있다
길도 저 혼자 간다고 가더니
다시 골방으로 돌아와 있는 것이다

주먹 쥔 손을 펼 때마다
손금이 바뀐다
바뀐 손금 따라 길도 바뀌고
나는 그 길 위에서 늘 헤맨다

한 무리의 그림자가 지나간다
얼굴 잃은 그림자들이
어두운 길로 스며들었다가 신음처럼 새어 나오기도 한다
꿈은 어디다 두고 얼굴 없이 가는 걸까

>

내 집을 두고 얼굴 없는 꿈이
저 혼자 집 찾아 헤맨다

농아

아이가 강아지풀을 고양이 볼에 갖다 댄다

반응이 없자 이번에는

낙엽 한 장을 다시 들이대다가

단추 크기만 한 노란 들국화 한 송이를 따 왔다

고양이가 두 귀를 빠르게 펼쳤다 오므렸다 하더니

실눈을 확장하면서 아이를 바라본다

고양이가 귀를 쫑긋거린다

꽃들이 귀를 쫑긋거린다

골목이 귀를 쫑긋거린다

세상이 물속처럼 고요하다

제2부 안개의 저쪽

소나기

노부부가 우산을 편다
빗줄기가 더 다정해진다

우산을 집어던진 아이가 빗물을 받아먹는다
장화가 날아가고 맨발이 찰박대며 뛰어다닌다
물고기 알들이 튄다
눈으로 콧구멍으로 입 안으로 뛰어드는 물방울들

바깥 의자에 앉아 있던 치어들이 우르르 편의점으로 몰려 들어간다
포장마차가 멍하니 바라본다
편의점 계산대 머리통만 바쁘게 돌아간다

자동차 유리창들이 물먹어 반쯤 눈을 감았다
바퀴의 위태로움을 운전대는 아는지 소나기가 묻는 중이다

안개의 저쪽

안개가 잠 없는 말을 먹어 버린다
입이 먼저 사라지고 귀마저 닫힌다
팔다리까지 뜯어 먹는다
시간의 가로등에 철조망까지 쳐 놓고
도시를 탐색하고 있다
가끔 철조망 사이로 탐조등이 독수리 눈으로 훑고 간다
말 잃고 귀 잃은 눈빛들이
주의 깊게 서행하는 중이다

안개는 점령군이다 권력의 추다
점령군에게 잡아먹히는 몸뚱어리들
지척을 분간하기도 힘든 눈으로
세상을 바라본다

저 흐린 사물 뒤편에 숨어 있는 눈빛들
불쑥 주먹을 내미는 나무들
발톱을 세우고 물어뜯듯 달려들던
밤샘 노숙에 지친 익명의 그림자들이
안개의 권력을 신문지처럼 덮고 있다

>

안개는 세계의 중심을 향해 전진하지만
그 중심을 흐리고 있다는 것을
안개 자신도 모를 것이다
안개의 저쪽이 문득 그립다

어금니 생각

붕어 배 따게 생긴 놈에게
내 어금니를 뽑혔다
한쪽 볼이 통째로 부서지는 줄 알았다
눈물범벅 침 범벅 부들부들 떨며 진통제를 줄줄이 삼켰다
이빨 하나쯤이야 없어도 괜찮아(여러 개 있는 이빨인데 하나쯤이야 어떠냐고)
붕어 배 따게 생긴 놈이 생시처럼 내게 그리 말하고 있었다

생선 얼음을 찍던 갈고리로 내 어금니를 뽑으려 들던 여자가 있었다
그 얼음덩어리 찍어 내던 갈고리에 어금니보다 깊은 곳을 찍히고야 말았다
누군가 내 어금니를 뽑으러 달려들 줄은 이미 알았다
나도 어떤 어금니 하나 뽑아 보겠다고 덤벼들었지만

수용소에서 자신의 생니 하나씩 뽑아 내던 시인도 있었다

혀로 더듬어 빈자리가 깊다
얼음 공장은 아주 무서운 곳

미끄러지면 끝이다

새 어금니에는 갈고리가 뿌리내려야 할 것이다

생일

벽에서 액자 하나 서서히 부푼다
부푸는 바다에 형광등 불빛이 반사되어 번뜩이고
산맥과 초원과 바다와
귓전을 울리던 모든 말들과
거기 오래전 피웠던 물거품 꽃
우두커니 액자 속 내 눈빛이 멀리 캄캄하다
문득 오른뺨에 볼우물이 깊다
형광등이 바르르 떤다 팔뚝에 소름 돋는다
볼우물에 들어가 본 적 있니? 도르래를 내려 줄까?
벽에 손톱을 세운다
아득한 단단함이 벽과 손톱 사이를 탱탱하게 일으킨다
벽 속에서 들려오는 딱딱한 초침 소리
죽음을 선고받은 말기 암의 낯선 문자들이
더듬더듬 손 짚어 나온다
생일 축하해 건강해야 해
암 덩어리보다 깊은 유리 속 세상을 들여다보며
내 왼손이 왼 볼의 보조개를 짚는다
오른손이 오른뺨을 스친다
오른손은 산맥과 바다를 가로질러 순식간에
툭 떨어져 사라진다 유리 바다 속으로

나는 끝내 저 세상으로 들어가지 못할 것이다
헛짚는 손끝에 무언가 만져진다
이쪽 세상을 끌까 저쪽 세상을 끌까

제우스 사거리에 첫눈이

시화공단 해안로 제우스 사거리
제우스 신전은 어디 있는 걸까
독수리도 떡갈나무도 보이지 않는

추월해 가는 차들
저들은 어느 신전으로 가고 있나
벼락 같은 신탁 하나 맞고 싶다

—전방에서 신호와 과속에 주의하십시오
노란불로 바뀐다
무딘 내 질서 의식에 신호등이 파랗게 질린다

밥집 간판 공장 상호 어느 곳에도
신神의 이름이 없다
드디어 한국어로 개명을 했나

신들이 지려 놓았을 구름이 눈처럼 갈려 내려온다
굴뚝이 빨아올리는 다국적 숨결들을 향해
노란 악취와 붉은 눈물이 만들어 놓았을
울퉁불퉁한 밤낮의 무지개 기름띠를 향해

제우스 사거리에 발목 잡힌 나를 내려다보며
사람을 지우고 약속을 지우고
사이를 지우고 머릿속을 지우고 교차로까지 지워 버리고
첫눈 같은 형상으로 너와 나를 신화 속으로 끌어당기며

꿈같은 공중에서 낱장이 된 내가 나를 펼치며 나를 날린다
끝없이 떨어지고 또 떨어지며
—신탁일랑 기다리지 말라—
차창에 걸린 얼굴이 멀어져 간다

신화의 세계는 끝났다
형체 잃은 내가 없는 눈빛으로 더듬더듬
봉화 연기 힘찬 해안 도로를 두리번거리며
사람들이 이름 지은 제우스 사거리를 떠난다
첫눈은 아직 오지 않았다

한식에 죽으나 청명에 죽으나

드르륵
문이 열리자
무덤끼리 모여 수군거리는 소리 들린다
안팎의 경계가 궁금하다
나는 무덤의 안일까 밖일까

무덤 속에서 불쑥 얼음덩이 손 하나 올라와
문고리를 잡으려 몸부림친다
몇 번의 봄을 다시 볼 수 있을는지
뿌리도 모르는 고통이 골수에까지 뻗쳐 온다
우리 팔다리 잃고 머리도 잃고
뼈마디 몇 개로 남았듯이
문고리를 잃지 않았나
무연고 묘지로 흙이 된 심장에
나무뿌리 키우면서
우거진 잡풀로는 거저 오는 봄조차 가리고서
바깥도 안도 무의미해진 경계석으로야 단단해져야지

네가 말했지 네 바깥에는 문고리가 없다고

>

닫힌 눈꺼풀로

문고리를 쥐고서 없는 문고리를 찾고 있다

더듬이가 사는 법

몸은 있는데 집이 없어요
아니, 집은 없는데 이름은 자꾸 생겨요
이름을 줄줄이 매달고도 엄마 하나 없습니다
아니 아니, 엄마 하나 없어도 저만의 귀한 표식을 남기는 겁니다

첫걸음부터 주저앉았대요
무너지듯 주저앉아서 엉덩이에 멍도 들지 않았대요
이름 없는 몸들이
오그라든 팔다리로 멈췄다 기어가다 바스락바스락 자꾸 가요
시퍼런 허공에서 피리 소리가 들려요

첫걸음부터 들지 않았던 멍이었어요
외로운 허공 같은 엄마가 잃었던 새끼 찾아서 불어와요
눈앞이 아득해지도록 자근자근 어루만져 주는 손길로요
수많은 피리 소리가 서로 화답하고 있어요
바람 속에 멍이 실려 있다고요
바람 허파마다 구멍 든 소리가 난다고요

돌아가리

짐을 푼다

실밥들이 오래된 시간을 묶어 놓은

작은 가방을 열자

유적이 뼈를 드러낸다

어머니 발보다 작아 보이는 밤색 단화

비싼 거라고 내 새끼가 사 준 거라고

조각조각 부서져 있는 창과 굽

관 위에 흙 뿌린 지 오래인데 문득

지붕에서 우박 떨어지는 소리가 난다

신발도 사람처럼 흙으로 돌아가는구나

어두운 방 안에 소름이 우박처럼 선다

그림을 망치다

담묵에서 농묵으로 강렬하고도 차분하게 처리된 수묵화
네가 남긴 산사 같던 적요 기울어 가는 저녁 그림자 너는 원근이 구분되지 않는
흐린 먹물로 거기 서 있다
정좌한 기와집들이 소리 없이 지켜보고 있는 골목
절묘하게 마무리해 놓은 농담 기법, 눈 내린 뒤 쇠 종 속에 갇힌 물고기 울음소리처럼
붓끝에 머물러 있는
지금은 사라지고 없는 그 동네가 문득 긴 잠에서 깨어나듯 기지개 켤 때
세필로 뻗어 가는 골목을 따라 점 하나 찍는다
너의 형상으로 다시 되살아나는
그 점 속으로 들어가 한 점 농묵으로 섞여 번져 간다
문득 목탁 소리처럼 다시 눈은 내리고

먹물 한 점이 그림 전체를
먹어 들어간다

심해의 이끼들

전복을 손질하다 어머니 거친 손등을 생각합니다

주름 잡힌 오랜 호흡의 이끼들을
솔로 박박 문질러 볼게요

미역도 다시마도 듬뿍듬뿍 따다 주셨죠
어머니 수심에서 헤엄쳐 나와 보니 바깥은 더 깊은 바다였어요
뼛속 깊이 잠겨있던 짠내를 일으켜 나도 뿌리를 내려 봅니다
세상 바다에 뿌리내리기가 하늘의 별 따기보다 어렵더군요

시름의 이끼들 닦아 내랴 지문이 다 부풀어 문드러졌어도
늘 흔들리면서도 뿌리 깊은
어머니 손길이 내 이마에 여전히 얹혀 있습니다
밤새 죽을 듯 앓다가도 자고 나면 절대적으로 피어나는
봄 물결 어머니, 나도 점점 어머니를 닮아 갑니다

내 손이야 물론 피투성이지요
오늘은 어머니 드시라고 피투성이를 상위에 올립니다

태양 증후군

분홍 테왁들을 봅니다 왜 분홍빛일까요
그 옛날 하늘과 바다가 사랑하다가 폭발했어요 불기둥이 솟구쳤지요
태양도 삼킬 불기운이 삼신인을 탄강誕降시켰고요
흐르고 흐르며 스러져 가던 붉은빛들이 현무암 품속마다 스며들었습니다
현무암 등에 기대어 있는 분홍 테왁들도 그 기운을 느낄 겁니다

바람과 눈 맞추며 숨 고르고 있는 현무암 빛바랜 검은 구멍마다 반짝반짝 빛이 흘러요
서로 스며들기만 하면 되는데 등 돌리고 있어서 모르는지요
물기 잃은 당신의 테왁이 위태로워 보입니다
그 둥근 속 얘기를 들어 볼 수나 있을까요

당신 손 발가락에 어떤 동물이 다녀가곤 했다지요
둘째 마디 셋째 마디 삐걱삐걱 겨우 열고 아침마다 빠져나가면서
밤새 비좁아 온몸이 뻐근하다고 말까지 더듬었다지요
신서란 그 질긴 망사리 힘줄들이 첫째 마디를 옭아매고 있

다고요
 손 발가락 때문이 아니어도 당신들의 머리는 헝클어지고
 몸 붓고 팔다리가 휘청거렸지요

 새벽이면 모든 구멍에서 솟구쳐 수평선 저기 새롭게 불
타오르는 태양
 내 한 생이 당신 덕으로 구차하지 않았으므로

날고 싶은 고양이가 옛날에 살았대

네가 무덤으로 이사한 날
그 무덤가에 새로 집 짓고 나도 이사를 했어
고무줄놀이를 하고 싶어

언제나 밀물이며 썰물이던 사랑
파란 대문 앞 가로등 불빛에 뒤엉겨서
고무줄 같던 네 그림자 도망가지 못하게 밟고서
마지막 고무줄놀이를 했을 거야
밑도 끝도 없는 사랑을 당기고 늘이면서

날고 싶은 고양이들이 야옹거리며
밀물로 차오르는 밤의 골목에서
펄떡이는 그림자들을 향해 튀어 오르곤 했어
갈매기처럼 까옥거렸지
응응 내게 묻기도 했어

죽은 사람이 이사하는 날엔 산 사람도 이사를 해
썰물에도 밀물처럼 사는 거야
달과 지구가 밀당하듯
깜깜한 밤에도 우리는 고무줄놀이를 그치지 않는 거야

나의 파사드 무도장 내후성 강판

노을 속에서도 불타지 않는 바람을 닮았다 허물 벗듯 바스러지는 뼈 마디마디 푸른 정신이 가루가 되어 흘러내린다 열사병 앓는 함석지붕의 너덜너덜한 붉음이 아니다 녹슨 못에 걸려 있던 하얀 러닝셔츠의 마른 핏자국도 아니다 울긋불긋 녹병 걸린 작물은 더더욱 아니다 피부병 앓고 난 뒤에 더 깨끗해진 얼굴처럼 비바람과 햇빛을 받아먹은 칠면초를 닮았다

내 뇌는 누구에게 먹히는지도 모르게 먹혀 들어갔다 화성 표면 사진처럼 바짝 독 오른 붉은 얼굴에서 각질이 벗겨지기도 했다 종말론이 화성을 치켜들고 전갈자리 담을 넘어갈 때면 모래 폭풍이 모든 것을 집어삼키며 재앙의 징후들이 여기저기서 이빨을 드러냈다

녹은 망치러 오는 건가 북돋우러 오는 건가 붉게 물든 태양의 흉흉한 빛과 늑대를 부르는 붉은 달이 종말론자들을 몰아오던 그 옛날부터 그러나 나는 점점 강해졌고 내 피는 지금도 붉다

화성 닮은 나는 강철 같은 의지로 오랜 광합성까지 철저하게 거쳐서 '강철로 된 무지개'를 향한다

녹 먹은 세계들의 녹록지 않은 눈빛이
또 하나의 천체가 되어 절정의 빛을 뿌린다

머릿속 어디에 보관할까

나 동무들에게 버림받은 뒤에
중환자실에 실려 갔지
치사량의 봄빛이 몸에 주사된 상태였지
꽃향기 산소호흡기가 뇌에게 불멍을 가르쳐 주더군

꽃송이 줄줄이 놓쳐 버린 황토 바람이 내 불꽃에 횡포를 부리더군
나 붉디붉은 눈물만 흘렸어
꽃들도 스스로를 애달파할까

좌뇌에 사는 여름과 우뇌에 사는 겨울이
늘 싸우던 내 머릿속에
봄빛이 들어와 점령해 버렸어

고사리손들이 그늘을 쥐었다 폈다 꼼틀거리고 있었어
그늘이 다 샛노란 얼굴빛으로 바뀌더군
늙은 나무들이 새싹을 들고 다니는 길거리
젊은 아이들도 봄을 파는 커피 전문점을
손에 손에 통째로 들고 다니더군

>

내가 늘 건너 다니던 꽃집은
읽어도 읽어도 도무지 도무지 읽히지 않는 시집 같았어

서 있는 사람

공사 중 알림판 옆에 서서
일 년 열두 달 허구한 날 서행을 지시하고 있다
한쪽 팔이 빠질 듯 덜렁거린다
이젠 공사를 그만두려는지
여기저기 주섬주섬 자재들을 싣고 있다
걸인 하나 절룩이며
자동차 경적 소리 요란한 차도를 가로지른다
빠질 듯 덜렁거리는 팔을 어깨에 꿰맞춰 주면서
정겨운 어떤 사람인 양 쓰다듬는다
빛바래고 너덜너덜하기가
둘이 참 많이 닮았다
이 세상 공사 끝나면
다들 함께 좋은 데로 갔으면 좋겠다

제3부 은행나무

말言들이 얼룩말 되어

창밖으로까지 튀쳐나간 너의 얼룩말은
내 자동차 범퍼를 발길질하기도 한다

커피 속에 잠긴 야생의 내장들
코뿔소가 들이받아 흩어진 창자 속 신선한
신맛이 쓴맛 뒤에서 열대를 음미하는 사이
주술을 하듯 기다란 주전자 주둥이가 천천히 기울어진다
본차이나 찻잔 바닥으로 에티오피아의 햇빛 한 줄기가
미끄럼을 타며 부드럽게 내려온다
카페는 어둡고 어둠의 깊이만큼 휘황했으나
찻잔에는 검은 대륙이 눈을 뜨고 있다
벽걸이 사진 속 어린 커피 노동자의 눈동자가
재갈이 채워진 허기진 땀방울을
사진 밖으로 흘려보낼 것만 같다
고원의 상록수는 한 해에도 여러 번 수태를 한다
그 출산을 돌보는 수많은 아이들
커피콩 고르는 예닐곱 살 손길들이 찻잔에 떠오른다

먼 천둥소리로 사자가 우는
이 밤 내내 흑인 소녀의 얼굴이 주전자 주둥이에서
킬리만자로의 눈물처럼 흘러내리고 있다

사철나무가 흔들린다

바람 한 생애가 살갗을 스친다
사철나무 하나 흔들흔들
다른 나무는 조금 흔들
그 옆에 있는 나무는 살짝 흔들
흔들리지 않는 나무들도 있다
빽빽이 들어선 나무들 사이에도
바람의 마음이 통하는 것과 통하지 않는 것이 있는 걸까
사람과 사람 사이에도
바람의 생애를 읽는 사람과 읽지 못하는 사람이 있을 것이다
바람이 오시리라는 기대에
미리부터 움찔 떠는 놈도 있다
돌멩이가 날아온다
큰 걸음으로 피하고 바라보니 날아가는 참새였다
참새에 맞아 죽을 수도 있을까
참새는 미래를 모르고
나 또한 돌멩이를 모른다
바람이 분다
아까 그 바람이 아니다
흔들리지 않는다
흔들리지 않기로 다 같이 결의한 국군 의장대 같다

바람의 생애를 읽으려는데
또 다른 바람이 오신다
바람의 심장에 손을 얹는다
수많은 생애가 내 안에서 함께 흔들린다

감나무 안테나

지금은
사라진 동네
바람 한 점 없이도
감꽃 툭툭 떨어진다

다 팔아먹었지 은수저 팔아 몇 끼 때우고 은비녀 팔아 비린 것 샀지 은수저 대신 놋수저로 놋수저 대신 양은 수저로 남은 끼니를 우아하게 해치웠지 욕으로 도배된 집 적색분자의 붉은 피 더욱 진해졌지 담 결린 갈비뼈 늑막염 앓느라 숨 막히곤 했지

바지에 똥 지린 포즈 어기적대는 새끼 까치 뒤로 눈에 불 켠 고양이 한 마리 슬금슬금 다가서는 1단에서 2단 3단까지 줄넘기하던 어스름 녘 나른하게 땅거미 내려오던 방울토마토같이 동그랗고 조그맣게 반짝반짝하는 어린 볼때기가 배 채우느라 볼록거리던 마호가니 밥상 갈빛으로 시들어 가던 저녁

가게 팔아먹고 땅 팔아먹고 집 팔고 이름도 팔고 족보까지 팔아먹고 책이란 책 다 깡그리 처분해서 오갈 데 없게 만들어 놓았냐고 가슴 쥐어뜯던 앙상한 몰골 기와집 높은 담장 아래 감나무 올려다보며 절대 부끄럼 없다던 주린 입 단

단히 포장된 아스팔트처럼 야무지게 닫았지만 저물녘이면
동서남북 가지 친 감나무들 안테나 되어 보내오는 욱신욱신
온몸 뼈 녹아내리는 기억

　늙은 둥치 앞으로 새로 난 길 따라 불빛 하나 빠르게 달려
간다 죽음이 이와 같이 느닷없다면 틀니 빠진 목구멍 검은
가래 끓는 사이로 마지막 숨 넘기듯 들이닥치는 통금 사이
렌 울리기 직전의 새벽 같은 적막

　감나무 낡은 주파수 지지직거리는

미래는 죽음을 모른다

하루살이 떼 중화인민공화국 인해전술 닮은 광란의 죽음 파티

날개를 힘겹게 들었다 내렸다

빛바랜 주검이 수북하다

에어커튼 살충제 모기장 불빛 앞으로 아귀아귀 달려들던 하루살이들이

도깨비 장난치듯 우수수 죽어 나간다

하루살이의 관심은 하루에 계시다

하루살이 숨결이 귓불에 붉다 눈시울이 불룩불룩 장대비 소리가 머릿속을 훑어 간다

비구름으로 뭉개진 시커먼 산과 하늘 너머로 오른팔 움찔 왼다리 꿈틀하며 기울어지는 하루다

사람에서 하루로 하루에서 사람으로 사철나무 속에 들어 있는 바람의 생각을 읽지 못하는 죽어 가는 나무에서 피 냄새가 느껴진다

사철나무 잎새가 부들부들 떤다

속 쓰릴 때마다 털어 넣던 소다 그 흰 가루가

내 안의 울음이라는 이름의 벌레들을 죽여 없앴나 보다

서산 위에 붉은 울음이 가득하다 오늘도 떼죽음이다

낙타가 바늘구멍을 통과하고 있다

바늘구멍으로 태초의 빛이 보인다
저 빛 속으로 얼마나 많은 사람이 드나들었을까
어디에도 있으나 어디에도 없는
허수아비가 시간을 맥박에게 자꾸 권한다
너무 오래된 시간은 질겨져서 삼키지도 뱉지도 못하게 되었다
혀에 착 달라붙어 호흡곤란을 일으킨다
남은 시간은 폐기 처분 될 것이다
햇살이 남은 시간을 긴 손가락으로 훑어 내고 있는 벽면에는
버려질까 겁에 질린 공기들이 기어오르다 떨어지다가
쥐어뜯은 살점들과 오줌 지린 흔적들로 가득하다
한 줄기 믿음이 눈동자 뒤편으로 빠져나가고 있다
종일 씹혔던 시간이 빳빳하게 펴지며 호흡을 덮어 버린다
목구멍에는 독한 가래가 끓고 있을 것이다
저녁이 소리 없이 어둠에게 묻는다
우리가 태양을 외면한 적 있었어?
낙타는 아직도 바늘구멍 속에서 몸부림치고 있다
어둠 속에서 말씀을 잃고 미궁을 헤매던 마지막 들숨이
비로소 빛의 죽음에 걸어 놓은 물음표

뜬구름 잡는 소리

줄지어 가던 개미 정수리에
손끝을 대자 흩어져 검은 구름이 된다

사람들이 시위대처럼 좁은 인도에 줄지어 간다
뚫고 지나가려 해도 틈이 없다
비가 길을 만들어 준다
쏟아지는 빗줄기에 화들짝 몸 사리거나
지하도로 뛰어드는 사람들 사이에서
혼자 비를 쫄딱 맞는다

강아지를 아기처럼 품고 가는 젊은 부부
아기를 안고 걷는 젊은 남자들
앞은 할머닌데 뒤에서 보면 고양이야

자신의 슬픔이 가장 커 보이는 사람들 곁에서
내 평화로운 일상이 부풀어 오른다
구름을 번쩍 들어 소파 밖으로 내려놓는다

얼음 속의 편지

당신과 나의 첫눈은 왜 항상
다른 시간에 내리나요
오랜 세월이 지나도록 자꾸 엇갈리고 있습니다
눈 속에 파묻힌 비상등은 꿈속에서도 깜박깜박
그날을 바라보고 있어요
바퀴 잃은 자동차는 콧잔등을 반짝이며
아직도 그날의 첫눈 속을 달려요
잘못 들어선 길에서는 내비게이션도 무섬증을 타지요
그날의 첫눈까지는 얼마만큼 먼가요

더욱더 경계의 숨통을 바짝 조여야겠어요
첫눈을 놓치면 안 되니까요
비상등을 깨워서 같이 눈 부릅뜨고 떠나야겠어요
피가 펄펄 끓던 나는 첫눈의 나라로 돌아가고 싶어
폭설 속을 헤매다 변온동물이 되어 가네요

여기는 휘파람 같은 생이별이 고목마다
빼곡하게 걸려 있네요
당신과 나의 첫눈을 찾아 오늘도 헤맵니다
내 얼굴은 점점 더 얼어 가고 기억 또한

포토샵

포도씨의 종말이 차라리 투명해 보인다
무미 무취無味無臭의 뼈를 간직한 단단함
땡볕에서 부드럽게 부풀어 갈 때부터
강직한 씨로 남게 되기까지 내숭도 거짓도 없다
달면 삼키고 쓰면 뱉는 어느 습성에서 벗어난
그것을 나는 또 다른 열반이라 부르고 싶다
포도씨의 묵언 수행을 배우는 시간

빌딩과 빌딩 숲 사이에 저승사자가 날아다닌다
한 사람의 부음이 문자로 전달되고 있다
두 사람의 부음이 세 사람의 부음이
엘리베이터가 한 층을 올라가는 사이에도
떼거리로 전달되는, 이런 부음들이
포도씨처럼 입에 껄끄럽게 씹힌다
이제는 문자가 저승사자다
뱉어야 하나 말아야 하나 포도씨에게 물어본다
실물과 인명부를 아무리 대조해 보아도
뽀샵 보정을 오가던 실물이 오리무중이라서
우주가 산목숨들로 넘쳐 날 판이라는
불안에 흔들리는 저승사자의 눈동자가

회전 속도를 격하게 높였으리라
보라를 먼저 뱉어 낸다

보라를 버리고 변환되지 않은
포도씨의 콧대가
조용히 혀 위에서 시위하고 있다
포도씨의 콧대를 갈아
기름을 짜야겠다
이 계절의 열반 포도씨의 종말인
콧기름 투명한

자메뷔

종이에 베었다
손가락에서 붉은 글씨가 뚝뚝 떨어진다
붉은 글씨들이 붉은 눈동자가 되면서
잊었던 어떤 얼굴을 보는 중이다

여름밤이 학질을 앓는다
집채만 한 솜이불 속에서도 헐벗은 듯
얼음장 같은 손이 허우적댄다
쇠창살 사이 바늘 찜질 놓던
끔찍한 고문을 막아 보려는 듯 허술한 방문 고리를 잡은
손등에 꽃 피운 피딱지들이 핏발을 세운다
검은 꽃들이 터지고 적색분자의 붉은 피가 다시 흐른다
붉게 아주 붉게
오줌통에 출렁이는 달빛이
인광처럼 희번덕이며 지린내를 게워 낸다
살아 있는 종이가 검은 붉음을 불러냈다
산송장 같은 기억들은 이제 화장터로 보내야겠다
들이대고 있던 볼록렌즈에서
초점이 끓기 시작한다
기억의 혈관이 터진다 눈이 쓰리다

의식도 무의식도 암전

렌즈에 피폭당하는 울퉁불퉁한 방

은행나무

수억 년 전 내가 은행나무였을 때
수액이 차오르던 계절 쪽으로
채널을 돌린다
진눈깨비가 채널 안에 갇혀 있다

봄에 태어난 나는
혹독한 겨울에 대해 이미 잘 알고 있다
어떤 어둠에도 쉽게 동요하지 않으며
눈 똑바로 뜨고 어둠을 응시하며
어둠의 중심 어둠의 뼈가 된다
열린 화면 안에서는 우중충한 진눈깨비, 뒤쪽은 분명 내 전생
채널을 돌릴 때마다 나는 사막이었다가 바다였다가
은하수였다가 짐승이었다가
그러나 나는 오래도록 은행나무이고 싶다

내가 수억 년 전 은행나무였을 때

겨울을 보내는 통로에는
차원이 다른 삶의 무늬들이 지나가고
화석 속에 갇혔던 부챗살 무늬 내 유골들이 스쳐 간다

은행나무로 살았던 하늘이 살같이 흐르고 있다
피붙이도 없이 캄캄하게 혼자 죽어 가는 꿈속에서
심지까지 젖어 버린 채널을 돌렸을 때
달빛을 통과하는 굴절의 세계가 새롭게 열리고
계절이 빠르게 바뀌고 어둠 속에서 은행꽃이 핀다
그리움이 꽃눈처럼 날린다
들판이었다가 숲이었다가 수줍은 연두로 물결치다가

고생대 페름기부터 태양과 더불어 살았던 나는
뼈대를 꼿꼿하게 지켜 온 한 줄기 은행나무
비껴 앉아 있던 빙하가 채널 돌아가는 쪽으로 고개를 돌린다

여기는 금속성 효과음이 치직대고 회색빛이 쏟아지는 봄
다시 낯선 채널을 더듬는다

수평선 심포니

귓바퀴는 부드러워야
바람도 파도도 살갑게 지나가지
만파식적萬波息笛이 문득 생각나는 날이었지

태풍은 아직 오지 않았어
뉴스에서 바닷가 오염에 대해 알려 줬어
사람들이 얼마나 시험적 시식을 즐기는지를
오만 가지 바닷속 퇴적물을 보여 줬어
미친 듯 날뛰다 제풀에 가라앉는 희뿌연 찌꺼기 사이를
빈 병 주둥이가 서로 목 놓아 불러 대는 전야제였지
목구멍이 캄캄해졌어
바람이 울컥대기 시작했지
부실한 모래톱에 파도가 순간 턱걸이를 했어
뒷걸음치나 싶더니 거대한 파도타기를 해 오는 거였지
바다 내장들이 모두 튕겨 나왔어
파도가 덮친 곳에서는 두드러기가 돋아났어
멀리 수평선 때 벗지 못한 바다가 지금도
배를 위아래로 뒤집으며 북북 긁어 대잖아

자 귓바퀴를 만져 볼까

저 고대의 피리 소리가 또 들려오고 있어

모든 살아 있는 물고기들이 물을 차고 오르며 우글우글 몰려오잖아

블랙홀

가스 빠진 냉장고가 산비둘기처럼 글글댄다
저것들도 잠투정하나
생각이 생각의 자리를 차지하고 앉아
가을 잠과 눈씨름한다
보름달이 잇몸을 드러내자
별들이 온통 상앗빛이다
뇌수가 풍덩 빠질 뻔한 하늘 저수지를
카메라에 통째 담아 놓았었다
검은 사진첩에서 흰 이마가 보일 듯 말 듯 반짝이더니
생각이 다시 일렁이기 시작한다
지구와 달이 줄다리기하자 별들이 헤쳐 모여
서로 편들기를 하며 달아오른다
저토록 달아오르다가 풍선처럼 꺼져 갈 것이다
줄다리기에 과부하가 걸린 새벽, 이 모든 게
은하 물결마저 빨려 들어간 거대한 가을 하늘 때문이다
블랙홀에 부질없이 묻노니
우주의 하루가 꽃놀이처럼 흘러가는 물결 위에서

급행은 신반포 건너뛴다

"반값에서 또 반값 단돈 오천 원이요"가 더듬더듬
문풍지처럼 떤다
미처 내리지 못한 신반포, 급행과 일반행 사이
멀어지는 역
팔리지 않은 방수 비옷이 수레 안으로 슬그머니
주저앉았다 일어난다
내리는 승객 귓등마다 구구절절
보이지 않는 에어커튼 달았나 겉도는 구구절절
내 천川 자 미간에 평생의 빗물이 흐르는 오천 원짜리 남자가
빗방울 털어 내듯 머리를 세게 흔들며 내린다
급행도 정차하는 신논현역
수레가 껌벅껌벅 기어 나간다
우산 몇 개가 흘려 놓은 물기에 빗금을 그어 가다가
젖은 인쇄물 같은 그 빗금
흐려지다가
먹이를 찾는 야생의 번득임을 감춘 작은 손수레
다시 일반행으로 스며들고 있다
거뭇거뭇 땟국물 흘려 놓은 발자국들 밟으며

안개 출몰 지역

대낮보다 더 환히 흔들리는 벚꽃에 '안'자가 가려져
보이다 말다 한다
이 지독한 안개를 고무지우개로 지우고 싶다
지워도 지워도 지워지지 않는
자동차 매캐한 매연이 상상력의 질감을 울퉁불퉁하게 치대 놓을 때
여기저기 개들끼리 컹컹대는
개 다발 지역 개 잦은 지역
안개 속에서 빼꼼히 벚꽃 구경하는 수많은 개 지역들
밤에도 빛나는 저 푸르른 야생의 눈빛들
얼핏얼핏 드러나는 붉은 잇몸 사이 번쩍이는 날카로운 덧니들
그 덧니들에 찍히고 찢어질 삶과 죽음 사이
너는 4기통 나는 6기통의 본능을 갖고서
낮고 느리게 짖어 대는 끝날 줄 모르는 욕설들
점점 지축이 흔들린다
들개 한 마리
로켓포 추진기 발사체가 된 엉덩이 뒤로
바짝 뒤쫓던 들개끼리 엎치락뒤치락
지우려고 용쓰다 지우지 못해 더 지저분해진 사고 다발

지대의

백내장 걸린 감시카메라 속에 '사자의 서'가 누워 있다

개 다발 지역 너머 졸음 휴게소 너머

십자가를 짊어진 견인차 줄줄이 누군가의 죽음을 기다리고 있다

예약된 시간들 1
—'졸리면 제발 쉬었다 가세요'

졸음의 그림자가 눈꺼풀을 쓸어내렸습니다 어제도 아니고 내일도 아닌 먼먼 오늘

《맨 인 블랙박스》*가 재생해 주는 충돌하고 날아가고 뒤집어지고 우그러지는
또 충돌하고 날아가고 뒤집히고 처박히는

비상등 점멸하는 버스 앞에 오토바이가 쓰러져 있습니다
흰 우유와 초코 우유가 엉기고 있습니다
흰색 진갈색 뭉클뭉클 카페라테, 아니 아니 검은 분홍
어디선가 낯선 빨강이 왈칵 몰려옵니다 단말마 직전 몸부림의 빛깔인가요
언젠가는 죽을 수 있다는 마음으로 살아 내자던
나를 갉아먹던 핏빛 머금은 그 말씀
미래는 죽음을 모릅니다
고추기름 냄새가 지하에서 스며 옵니다
창백한 손들이 사자死者의 얼굴로
길게 포개졌다 찢어지는 그림자들
육개장의 붉음으로도 영안실 특 102호의 흑과 백을 컬러로 바꾸어 놓지는 못합니다

>

내게는 예약된 시간이 남아 있어요

예약된 화면이 반짝반짝 장례식장 로비의 잠을 깨웁니다

에베레스트산 등성이가 금 간 거울 같아요 칼끝 같아요

눈 폭풍이 진검으로 쳐 낸 눈보라 속 목숨 하나 하얀 깃털 되어 번쩍이며 날아갑니다

피도 눈물도 없는 빛 반사거울 산등성이에 관통당하는 미래입니다

내일도 모레도 아닌 끝없는 재방송 속 당신의 미래는 무효입니다

영하 196도 액화 질소 탱크 속에서 부활을 기다리는 150구의 시신을 환자라고 부른다지요

차가움이나 따뜻함의 개념조차 없는 세계 속으로 들어간 얼음덩어리들

반복 수정 편집으로 태어나는 시간도 있습니다

절대온도 영하 273℃를 향해 나도 서서히 얼어붙어 갑니다

* 《맨 인 블랙박스》: 블랙박스에 찍힌 교통사고 영상을 재생해서 보여주는 TV 전문 채널 프로그램 이름.

고양이

마당 가득 고요가
까맣게 기어오르는 것을 봅니다
하얀 시계꽃 기울어진 잡초는
폐가의 병풍처럼 쓸쓸하군요
졸린 눈가에서 한낮은 화톳불 되어
타다닥 타다닥 불티가 튀어 오르는
화장터 같습니다
파리 몇 마리 검은 옷 입고
뜨거운 잠 위에서
조문하는 건가요
끝없이 손을 비빕니다
땡볕으로 팽팽해진 마당의 긴장을
고양이수염 몇 가닥이 툭 끊어 놓습니다
집도 슬픔도 봉투도 무덤도 없을
떴다 감는 흐릿한 망막 속에서
뙤약볕으로 익어 가는 깊은 꿈

제4부 단단한 긍정 속으로

촉 좋은 마당

새벽이 신발 속에 발을 쑥 집어넣자마자
강아지도 신발 신고 따라 나온다
전선이나 나뭇가지가 품은 달의 공전이
자전의 그림자들이 그 목젖을 드러내는 중이다

꼬리 아홉 달린 붉은 죄목으로
꽃봉오리 속에 유배당했던 향기가 풀려난다
향기의 기포들이 기쁨의 등을 켜고
투명한 날개로 펴져 날아간다
선잠 깬 잎사귀들이 기지개를 켤 때
풀숲 사이로 멀어지는 새벽의 신발이 살짝 보인다
귀 바짝 세운 풀 비린내들 곁에서
풀강아지도 솜털 일으키며 짖기 시작한다

오늘도 깨끗한 촉으로 닦은 은수저에 이슬 받아서
아침이 배를 채울 것이다
여우야 여우야 뭐 하니
아홉 개의 꼬리가 꼬리를 물고 공중제비를 도는 마당

투명한 얼룩

'우리 집에 왜 왔니 왜 왔니 왜 왔니 꽃 찾으러 왔단다 왔단다 왔단다
무슨 꽃을 찾으러 왔느냐 왔느냐 예쁜 꽃을 찾으러 왔단다 왔단다'
부서지는 꽃 꽃 꽃

입술 모양이 찍힌 유리잔을 바라보다가
꽃잎 닮은 얼룩만 묻혀 놓고 일어서지요
우리의 지나간 시간이 얼룩투성이로 남네요

왜가리가 단거리 수상스키를 합니다
급정거를 했어요 정지거리의 흔적이 없어요
새끼도 동그란 몸통을 젖히고 으스대면서 미끄러져요
양 날개를 몇 번 우아하게 출렁이며

바다가 파도의 거품으로 꽃을 피웠다 죽였다 하면서
하루를 천 년같이 천 년을 하루같이, 그러나
그 거품을 꽃이라 하면 그 꽃은 흔적이 없지요

파도는 그대를 꽃으로 피워 냈다가

부서뜨렸다가
또 다른 꽃을 피워 냅니다
왜가리의 날카로운 고단수 착지에
찢기고 흩날린 꽃들도 태어나는 것에 대해
다시 생각해 볼 겁니다
사라져 간 그 모든 얼룩을 찾아서
물결 위에 꽃꽂이해 놓고 싶습니다

결結

1.

보이지 않는 발길이 중환자실의 어둠을 짚어 온다
귀를 바짝 대고서야 들려오는 단말마
그가 생전 처음 불러 보는 아름답고도 긴 휘파람 소리
블라인드 사이 쏟아지는 햇살을 배경으로 희뿌옇게 부각되는
꿈결인 듯 검은 실루엣을 향해 좁혀졌던 동공이
부릅뜬 채 멈췄다
머리맡에 놓인 성경책도 평생의 믿음도 손아귀에서 빠져나가는
저 흰자위 너머
목 잘린 나뭇가지 사이 서쪽 하늘이 조각나 있다
땅바닥에 검은 쌀알처럼 흩어져 있는 공포를
작은 머리통을 조아리며 조심스레 쪼아 먹던 참새 떼가
조각난 하늘 속으로 사라진다

2.

노인 복지관 버스가 비척대며 떠나가는 승강장
뿌리 허옇게 드러난 나뭇등걸이 앉아 있다
버스가 떠나든 말든 복지관에서 뜯어 온 화장지를 천천

히 펴서
　다시 바짝바짝 접고 있는
　노인의 고개가 가을 하늘 아래 한없이 깊어진다
　살짝 살얼음 낀 듯한 저 손을 본 적이 있다
　흰 광목 제치자 툭 떨어지는 얼음장 같던
　벌벌 떨며 끝내 잡아 주지 못한 마지막 가시던 아버지
손 닮은
　수많은 손을 흔들며
　버스 한 대 이승을 떠나고 있다

예약된 시간들 2
—아파트 재건축 현장

불도저가 이승을 퍼 나르는 흙더미에 오래된 저승이 묻혀 실려 가면서 피식 웃는다 발인도 운구도 따르는 이 하나 없는 그래서 더욱 환한 빈터 단호한 집행자의 집게발 아래 소름 돋는 팔을 문지르다

사인死因도 불분명한 임종을 조문하고자 소나기들이 달려왔으나 철제문은 굳게 닫혀 버렸다 예정된 죽음이었다

이제 비가 직선으로 긋는지 사선으로 긋는지는 어느 입으로 씨부렁대든 내 알 바 아니다 정월 어느 날의 노인의 방화자살도 온몸 퉁퉁 부었던 부기가 빠질 새도 없이 영영 간 여자의 마지막도 열아홉 소년의 수능 점수 비관 투신도 아파트 칸칸이 낡은 꿈들과 함께 버림받은 지 오래

높은 철제문 다시 열린다 집채만 한 상여들 노제 떠난다 닫히고 열리고 다시 철제문이 닫힌다 장대비에 짓이겨진 아파트 뽑혀 나간 검은 구덩이들마다 예비 청약자의 호기심이 두근두근 선글라스 벗는다 봄볕 아래 이중 삼중으로 늘어선 호기심들 끈기 있게 진맥 차례 기다리는데 철제 담장 너머에서는 뇌 속까지 환히 비어 가는 햇살의 염습을 마저 서두르고 있다

봄날

초록이 햇살을 아무리 받아먹어도 햇살이 남아도는 한낮
햇볕에 부푸느라 벚꽃 살 떨리는 날
잎사귀 하나 함부로 떨구지 않고 어린잎에 햇빛 어른거릴 때
날씨가 찢어지게 좋아서 묵은 김치 쭉쭉 찢어 밥 위에 얹어 먹는다
구름이 흰 당목 같다
마당 가득 병아리 떼

내 젊음의 봄날을 데려다
김치 한 가닥 쭉 찢어 건넨다

새들의 특별시

어미가 방독면을 쓰고 허공을 바라본다
하늘 들판에 거미줄 같은 노선을 빽빽이 새겨 넣기까지
수많은 어미 아비들이 희생한 시대를 기억하는 중이다

눈 깜짝할 새 뚝딱 완성되는 도시의 힘
쉴 새 없이 전진하는 문명이 블루홀 빛 닮은 오존홀을
만들어 내고 있다
뼈를 튼튼히 키워야 할 도시가 근육위축증 앓는다
구멍 숭숭 뚫린 엽록소의 관절들이 부러진다
도깨비 같은 문명의 비소가 허공에 가득하다
어미 새는 돌연 변종의 고등동물들을 내려다본다
온실효과는 숲을 서서히 사막으로 만들어 갈 것이다
오존홀의 벌어진 입에서 나오는 악취가 빛의 속도로 퍼진다
어미 새가 곧 솟구쳐 오를 기세다
저 아가리를 향해 핏줄이 불끈거린다

쥐라기 시조새로부터
멸종한 족보들의 비상飛翔하던 발자취까지
일억 오천만 년 동안의 연대기를 간직하고 있다
기록은 계속된다

>

지금 새끼 새들은
움찔움찔 치솟는 기운으로 한창이다
날개를 들썩이다가
엉덩방아를 찧기도 한다
어미의 어미들 아비의 아비들의
하늘 들판 가득했던 힘찬 날갯짓을 닮아 가고 있다
이제는 새로운 노선을 하늘에 새기고
새로운 도시를 세워야 할 때

한 무리의 새가 나뭇잎 사이로 아득하게 깃들고 있다

금방 지나가요

고추를 멍석에 누이고 다독이면서 어머니 생각
"하나님은…… 어찌면 이리도…… 곡식 푹 익으라고 이렇게 좋은 날씨를 꼭 주셔야…… 그리 퍼붓다가도…… 안 그냐"
볼일 없이도 핑곗거리를 만들고 싶은 시월
태풍은 일본 쪽으로만 지나가리라는 예보
스마트폰에서는 가을 구름 콘테스트가 한창 벌어지는 중
나는 고양이처럼 화단 앞에서 어슬렁대고 있음
쓰레기 버리러 나왔던 앞집 아주머니는 계단을 오르다가
뒤돌아보며 진지한 눈빛으로
"이런 날씨 며칠 안 해요, 후딱 지나가요."
고양이 한 마리 혀로 물을 맛있게 날름거리더니
조심스레 발까지 적셔 보고
어둠 속에서 걸음을 더듬어 보듯
다리가 둥둥 떠가듯 물웅덩이를 사뿐히 건너
사철나무 뭉치 속으로 사라진 뒤

우주 어디쯤 바람 새끼 몇 헤매고 있을 저녁
해거름이 몰고 오는 바람결에 막 풀 먹인 어머니 치맛자락 냄새

뿌리를 비추다

아직 바람이 찬데
밝은 문들 조용히 귀 기울인다
온 마을 가득 두더지 떼가 몰려오나
흙의 내장들이 일어나 앉는다
파릇파릇한 얼굴들 밥풀만 한 대가리들
땅의 새끼들도 앞다투어 고개를 내밀겠다
수많은 말씀으로 손때 절은 골목길
뿌리들 웅성거리는 소리 가득하다
어두워져만 가는 텅 빈 제비 집
그 샛노란 주둥이들은 언제 집을 찾을까
제비 기다리던 노인 하나둘 떠나가도
마라도 25마일까지 밝히는 등대보다
서해 5도와 황해의 42km까지 빛 쏘아 주는
선미도 등대보다 더 거대한 등대가 땅속에는 있다
황토 벌판이 온통 들썩들썩 맥놀이 한다

먼지는 힘이 세다

먼지는 뿌리가 깊다
버림받아도 부끄러워하지 않으며
입김에도 가볍게 날아가지만
돌아와 제자리에 내려앉는다
눈짓만 해도 온몸을 들썩이다가
앉은자리에서 천 년을 숨죽이기도 한다
오래 묵은 일기장 사이에서
눈물 자국으로 얽어 있다가
돌아가신 어머니 돋보기 위에 내려앉아
흐린 눈으로 세상을 바라보다가
눈 껌벅이며 돌아앉기도 하는 것이다
기쁘고 고운 날에는
낡은 성경책 갈피에 앉아
두 눈 붉어지기도 하는 것이다
맑은 날 창가에 앉아서 보면
가닥가닥 집 안 가득 뻗어 가는
먼지의 흰 뿌리들이
뼈처럼 드러나는 날도 있는 것이다

단단한 긍정 속으로

쓰러져 있는 비둘기 목덜미에
비둘기 한 마리가 주둥이를 깊이 묻고 있다
꾸르륵 살아 있다는 신호 아득하다
칼바람이 부드러운 털을 자꾸 일으켜 세운다
광장의 햇살이 모두 모여 그 모습을 비추고 있다
마지막 광점이다
청소원이 쓰레받기로 주검을 옮기는 동안에도
움직임 없이 서 있다
죽은 자리 몇 바퀴 돌다가
바닥에 얼어붙은 빵조각을 쪼아 보기도 한다
딱딱한 빵조각은 꿈쩍도 않는다
고개를 갸우뚱대며 먼 산을 바라보며
주변을 두리번거리기도 하고
그러다 문득 생각났다는 듯이
눈 쌓인 겨울 속으로 돌멩이처럼 날아간다

빈 젖

둘째 낳고 젖 삭는 약을 먹었다
칼로 도려내듯 들뜬 유두를
붕대로 감싸고 주사도 맞았다
"몸 상해서 어쩐다냐 아이고 내 새끼"
하시더니
당신의 그 예쁜 가슴은 애당초 잊은 채
말도 잊고 다 잊은 채
자식들 찾아오는 꿈길마저
잊어버리셨나 보다

밤하늘을 바라보고 있으면 오리온자리 어디쯤으로부터
아기들이 젖 냄새 풍기며 나를 향해 한없이 날아와 안긴다
아기들이 천공을 떠돌다가 샛별 눈 굴리며 걸음마를 내디디며
내 젖을 향하여 다가오는 것이리라
지구 밖으로 가 본 적은 없지만
어느 때보다 뜨거워지는 시간
어깨가 풀리고 발이 뜨겁다
빈 젖이 마구 차오르며 빼근해지는
이 밤의 소리

볼때기 볼때기마다 볼우물 짓는
어린것들에게 들려주고 싶은 고릿적 이야기
고래 등을 타고 은하수를 건너는 이야기들
어머니 걱정 돋는 그 소리
젖 물고 곤히 잠들 때까지 들려주고 싶은

그림일기

종합장에 작은 나무를
그려 넣고 잊고 있었다

떡잎이 진녹색으로 무럭무럭 자라는 소리
째깍째깍
도화 용지에 귀를 대 보면 나비 치맛자락 스치는 소리
사각사각
꽃시계 덩굴 화관 쓴 아이가 책상다리하고 엎드려
손가락에 크레용이 묻어나도록 요리조리 매달아 놓은
나뭇잎 숭숭 뚫린 구멍 따라 햇빛이 드나들고
구멍 저편으로 먼지 하나 없는 세상들이 자꾸자꾸 자란다
잎줄기 모양 멀리멀리 뻗어 있는 길 따라
어린 마음이 뒤뚱뒤뚱 꽃을 심는다
꼬물꼬물 고사리손이 나비 치마를 쫓고 있다

꽃샘추위

온 삭신이 쑤시고 콧물 흘러요
기침에 오한에
잔디 밑동 맥을 짚어 보니 툭툭 터질듯해요
지독한 고뿔입니다
자꾸 코를 푸니 이러다 코가 길어지겠어요
담도 결리고 가래 끓고 눈알이 빠질 듯 아파요
약이 없대요
기침 소리에
꽃 피겠습니다
먼지 낀 어느 현관문이 새끼 코끼리 울음을 웁니다
아기 코끼리들이 이 집 저 집 문 두드리는 모양입니다
어린것들을 그냥 밖으로 내보내선 안 될 텐데요
앓을 만큼 앓고 난 뼈마디로 푸른 근육을 입고
어린 코끼리 떼가 귀를 펄럭이며 달려올 겁니다

세상 모든 시리우스에게

불행만으로도 배부르던 그 골목
어둡고 축축한 골목이 술 취한 고개를 꺾을 때
몸 가누지 못하는 뒤통수가
휘어진 길을 벽 짚어 가던 사람
파멸의 단초를 없애려고 도망치던 지하방엔
울음의 척추를 꺼낼 열쇠가 있었으나
노래방 간판이 바뀌어도
아무도 눈치채지 못했다
세상의 모든 길이 변하듯
자물통이 바뀌었어도
기억 속 그곳에는 검은 서리가 앉아 있다
열쇠는 내 손에서 흰 비늘을 빛내며
떨고 있는데
별똥별 하나까지 모두 마셔 버리고 취한 겨울이
지상에 내려와 비틀거린다
점점 노곤해지는 밤의 흰자위
밤의 속눈썹이 어둠의 눈매를 깊게 한다
회칼 치켜든 바람은 겨울의 전류에
푸른 입김을 뿜어 대고
시퍼렇게 창자 속부터 얼어 가지만

얼음 파편을 튕겨 내면서 겨울은 굴러간다

차창 가득한 성에꽃들 얼음 심장으로 고독을 견딜 때

차창에 가만히 입김을 불어 주다가

성에꽃 꽃밭으로 봄을 불러 보면

달리는 바퀴 사이로 아지랑이 감겨 오고

내 꿈이 핏빛 입술 들이대며

밤의 빙판을 활활 불태울 때

멀리 뜨거운 시리우스도 꿈속에 들어와 안길 것이다

케냐, 문 닫을 시간

카페 케냐
검은 대륙의 눈물을 후후 불며 마신다
임팔라도 원숭이도 얼룩말도 코뿔소도
보이지 않는다 모두 어디로 간 걸까
창밖으로
흰 광목천에 싸인 관을 가득 싣고 용달차가 지나간다
저승을 납품하러 가나 저 속에는 어느 짐승이 들어가나
창밖은 자카란다* 장미 향이 케냐의 혓바닥처럼 피어오르고

바퀴 구를 때마다 꽃잎들 함께 구르며 깊게 절한다
파르르 떨기도 한다
보랏빛 형광으로 반짝이다
꿈결인 듯 안개 속인 듯 점점 묽어지다 사라지는 길
용달차 푸르스름한 전조등이
꽉 막힌 도로에서 멈칫멈칫 두리번거린다
노잣돈이라도 받으려는 듯

밀림은 어두워 가고
멀리서 하이에나 우는 소리 들려온다

>

맹수들이 살생부 정리하는 소리 요란하다

성에 낀 유리창 긁어 대듯 철제 의자 잡아당기고 탁자 끌어당기고

흐린 조명 스위치도 하나둘 내려진다

눈꺼풀은 아직 천근만근

용달차가, 보랏빛 길이, 온 세상이, 보이지 않는,

이곳은 카페 케냐

킬리만자로 봉우리 너머로 무더기무더기 빨려 가는 별똥별

산등성이 오랜 눈이 녹아내리고 광목천도 벗겨지고

코뿔소 뿔 뽑힌 구멍 같은 시커먼 창 닫히는 소리

* 자카란다: 아프리카의 벚꽃. 케냐의 국화.

해 설

안개의 저쪽이 궁금하다

조길성(시인)

1

안개가 잠 없는 말을 먹어 버린다
입이 먼저 사라지고 귀마저 닫힌다
팔다리까지 뜯어 먹는다
시간의 가로등에 철조망까지 쳐 놓고
도시를 탐색하고 있다
가끔 철조망 사이로 탐조등이 독수리 눈으로 훑고 간다
말 잃고 귀 잃은 눈빛들이
주의 깊게 서행하는 중이다

안개는 점령군이다 권력의 추다
점령군에게 잡아먹히는 몸뚱어리들

지척을 분간하기도 힘든 눈으로
세상을 바라본다

저 흐린 사물 뒤편에 숨어 있는 눈빛들
불쑥 주먹을 내미는 나무들
발톱을 세우고 물어뜯듯 달려들던
밤샘 노숙에 지친 익명의 그림자들이
안개의 권력을 신문지처럼 덮고 있다

안개는 세계의 중심을 향해 전진하지만
그 중심을 흐리고 있다는 것을
안개 자신도 모를 것이다
안개의 저쪽이 문득 그립다

—「안개의 저쪽」 전문

안개는 우리를 사물로부터 분리하지는 못하지만, 눈을 흐리게 한다. 흐리게 해서 풍경이 가지고 있는 고유한 성질로부터 멀어지게 한다. 이 시에서 안개는 우리 눈을 흐리게 하고 또 사물로부터 멀어지게 해서 우리를 어떤 가치나 판단으로부터도 흐리게 하고 또 그 가치나 판단으로부터 멀리 떼어 놓기도 한다. 여기에 아침저녁으로 밥 짓는 연기라도 깔리게 되면 그 마을은 이미 우리가 알고 있던 마을을 떠나 어떤 다른 세계의 입구로 안내하는 느낌이 들게도 한다. 이제 그런 마을은 우리 곁에서 쉽게 볼 수 없다. 안개는 도시화되고 스모그를 동반한 미세먼지와 더불어 불안한 기운으로 다가오곤 한다. 그러나 한편 안개 자욱한 마을이나 들판을 바라보자면 수묵화를 떠올리게 되기도 한다. 아침 해 뜨기 전이나 저녁 해 지기 전, 그리고 밤안개는 한 폭 그림 속으로 우리를 안내한다. 온갖 색채에 길든 눈을 쉬게 한다. 현대는 기계화와 도시화를 피해 갈 수 없다. 안개인지 황사인지 미세먼지인지 아니면 스모그인지 불분명한 현상도 수묵화 기법으로 그릴 수 있을 것이다.

현대 중국 수묵화를 대표하는 자유푸(賈又福) 교수는, 베이징 고궁박물원에서 처음 공현(1618~1689)의 작품을 보았을 때 학생 한 명이 작품을 보고 놀라서 "어쩌면 이렇게 현대적인 작품 같습니까?"라고 하자, "고금을 관통할 수 있는 거시적인 시점으로 보면 현대라는 시간적 개념은 순간에 지나지 않는 것이라 굳이 고대와 현대를 가르는 시간적 잣대로 볼 필요는 없다"라고 대답한다. 덧붙여 "예술 창조의 세계란 고대와 현대가 하나가 되어 시공을 초월하는 것임을 알아야 한다"며 "'옛'것에 대한 지혜로운 자의 이론은 이미 그 속에 있는 쓸데없고 불필요한 부분은 제거한 후에 말하고 있다"라고 덧붙였다.

자유푸 교수와 수묵화를 이야기하는 이유는 안개가 가진 속성을 이야기하기 위해서다. 안개는 모든 것을 흐리게 하고 사물로부터 멀어지게도 하지만 그 이유 때문에 우리가 명징하게 안다고 생각했던 사물에 새로운 이미지를 부여한다. 그 새로운 이미지는 곧 그대로 날것이 되어 우리 눈 우물 속에서 은빛 지느러미를 푸드덕거리며 살아날 수 있다. 안개 수묵화는 우리가 실재라고 믿는 현상을 일그러뜨려서 새로운 실재, 새로운 생명체를 만들어 왔던 것이다. 그것도 몇천 년을 우리 곁에 독특한 미학으로 존재해 왔던 것이다.

수묵화가 먹물의 농담과 여백에 기대고 있는 것은 상식이다. 안개 낀 자연도 수묵화의 세계와 닮아 있다.

사전에 보면 안개의 첫째 의미는(기본 의미) 지표면 가까이에 아주 작은 물방울이 김처럼 부옇게 떠 있는 현상, 둘째로는 어떤 사실이나 상황이 가려 있거나 드러나지 않아서 모호한 상태를 비유적으로 이르는 말이고, 셋째 의미는 눈에 어리는 눈물을 비유적으로 이르는 말로 정의되어 있다. 물론 물방울로 이루어진 첫 번째 의미의 '안개'가 없으면 둘째 셋째 의미도 존재하지 않을 것이다.

> 안개는 세계의 중심을 향해 전진하지만
> 그 중심을 흐리고 있다는 것을
> 안개 자신도 모를 것이다
> 안개의 저쪽이 문득 그립다
>
> —「안개의 저쪽」 부분

마지막 연에서 시인은 "안개가 세계의 중심을 향해 전진" 한다고 말한다. 그러나 그 "중심을 흐리고 있다"며 세계의 중심을 향해 전진하는 행위가 오히려 중심을 흐린다고 이야기한다. 얼핏 이 시의 진술 과정을 떼어 놓고 보자면, 마지막 연은 현대의 수묵화를 위해 수묵화의 큰 가능성과 성취를 향한 세계로 전진하지만, 오히려 그 중심을 흐리고 있다며 한발 뒤로 빠지는 자세를 취한다. 이 엉거주춤은 어디에서 오는 것일까

"안개는 점령군이다 권력의 추다/ 점령군에게 잡아먹히는 몸뚱어리들"에서 '점령군'이 안개이며 권력의 추인데 그 안개가 어떤 몸뚱어리들을 잡아먹는다. 어떻게 잡아먹는지 시의 도입부에 표현되어 있다. "안개가 잠 없는 말을 먹어 버린다/ 입이 먼저 사라지고 귀마저 닫힌다/ 팔다리까지 뜯어 먹는다"이 몸들은 어떤 몸들이어서 '점령군'에게 뜯어 먹히고 있을까 안개가 사물을 흐리듯 시를 읽어 나갈수록 모호하고 몽롱해진다.

여기서 자유푸 교수의 이야기로 돌아가 보자.

황빈홍은 '그림이란 정확하고 또렷하게 그리기가 어렵고 모호하게 그리기는 더욱 어려우나, 반드시 분명하거나 모호해야 한다'라고 말한 바 있다. 공현의 그림을 자세히 보면 그가 말한 혼륜渾淪의 이치가 무엇인지 깨닫게 된다(여기서 혼륜渾淪이란 흐림에 잠기다, 빠져들다의 뜻으로 읽을 수 있다). '혼륜'과 '몽롱함'의 정도 차는 매우 중요한 것으로 처음 공현의 작품을 대하면 몽롱함과 혼륜을 구분할 수 없지만, 좀 더 세심하게 관찰하면 흐릿한 가운데에도 참신함이 돋

> 보이면서 혼륜의 정신적 의미를 느낄 수 있다. 그의 작품에 나타난 필은 하나하나 힘과 기백이 넘치며 혼연渾然의 세계를 보여 준다. 만일 여기서 과하거나 부족한 필을 사용했다면 흐릿한 몽롱함으로 혼륜을 표현할 수 없었을 것이다.
>
> —자유푸, 『시인가 노래인가』, 학고재, 92쪽

자유푸 교수의 글에서 '흐릿한 몽롱함'과 '혼륜'은 차이가 있는 개념으로 읽힌다. 흐릿한 몽롱함이 스스로 깊어지고 짙어져서 질적인 변화를 일으키는 '저쪽'이 '혼륜'의 세계가 아닐까? 여기서 안개를 흐릿한 몽롱함으로 읽으면서 안개의 '저쪽'을 혼륜으로 읽어 볼 수는 없을까? 그럴 수 있다면 시 「안개의 저쪽」을 읽기가 수월해질 것이다.

"저 흐린 사물 뒤편에 숨어 있는 눈빛들"은 이미 흐릿한 몽롱함으로 일그러진 얼굴에서 새어 나오는 눈빛들일 것이며, "불쑥 주먹을 내미는 나무들"이거나 "발톱을 세우고 물어뜯듯 달려들던" "안개의 권력을 신문지처럼 덮고 있"는 "밤샘 노숙에 지친 익명의 그림자들" 또한 흐릿한 몽롱함으로 일그러진 사물들의 얼굴일 것이다. 시 「안개의 저쪽」에서 시인은 오로지 궁금할 뿐 너머를 보여 주지 않는다. 그래서 더욱 '저쪽'이 궁금해지는 것이다. 그렇다면 흐릿한 몽롱함으로 일그러진 사물의 얼굴은 시인의 시 속에서 어떻게 표현되고 있는지 살펴볼 필요가 있다.

> "반값에서 또 반값 단돈 오천 원이요"가 더듬더듬

문풍지처럼 떤다
미처 내리지 못한 신반포, 급행과 일반행 사이
멀어지는 역
팔리지 않은 방수 비옷이 수레 안으로 슬그머니
주저앉았다 일어난다
내리는 승객 귓등마다 구구절절
보이지 않는 에어커튼 달았나 겉도는 구구절절
내 천川 자 미간에 평생의 빗물이 흐르는 오천 원짜리
남자가
빗방울 털어 내듯 머리를 세게 흔들며 내린다
급행도 정차하는 신논현역
수레가 껌벅껌벅 기어 나간다
우산 몇 개가 흘려 놓은 물기에 빗금을 그어 가다가
젖은 인쇄물 같은 그 빗금
흐려지다가
먹이를 찾는 야생의 번득임을 감춘 작은 손수레
다시 일반행으로 스며들고 있다
거뭇거뭇 땟국물 흘려 놓은 발자국들 밟으며

—「급행은 신반포 건너뛴다」 전문

급행은 현대를 대표하는 이미지다. 뒤돌아보기를 주저하게 만드는 표정이다. 안개의 권력이 이중적이라는 것을 보여 주는 이미지다. 안개는 모든 것을 일그러뜨리지만 그 표정은 급행을 주저하게 만드는 상황을 짐작하게 한다. 엉거주춤이다. 앞으로 나가기 위해서는 안개를 걷어 내야 하지만 이 안개는 발목을 잡고 더는 나아가지 못하게 한다.

> 우산 몇 개가 흘려 놓은 물기에 빗금을 그어 가다가
> 젖은 인쇄물 같은 그 빗금
> 흐려지다가
> 먹이를 찾는 야생의 번득임을 감춘 작은 손수레
>
> —「급행은 신반포 건너뛴다」 부분

시인을 주저하게 만드는 풍경은 "야생의 번득임을 감춘 작은 손수레"에 머문다. 그런데 "젖은 인쇄물"은 시인의 시에 줄곧 등장하는 말에 대한 생각의 연장선에서 읽힌다. "팔리지 않은 방수 비옷이 수레 안으로 슬그머니/ 주저앉았다 일어난다". 오천 원짜리 남자가 팔리지 않는 비옷으로 주저앉았다가 다시 일어난다. 먹이를 찾는 야생의 번득임을 감춘 밀림에서 밀림으로 향하는 익명의 남자가 물기를 떨구며, 손수레의 빗금을 남기며 어디로 가고 있나. 우리가 가야 할 곳은 어디인가, 안개가 걷히고 나면 사내가 남긴 물기는, 손수레의 빗금은? 사전적 의미에서의 세 번째 눈에 어리는 눈물에 시인의 시선이 닿아 있다.

현대의 수묵화는 '흐릿한 몽롱함'은 이렇게 구체적으로 시작된다.

대낮보다 더 환히 흔들리는 벚꽃에 '안'자가 가려져

보이다 말다 한다

이 지독한 안개를 고무지우개로 지우고 싶다

지워도 지워도 지워지지 않는

자동차 매캐한 매연이 상상력의 질감을 울퉁불퉁하게 치대 놓을 때

여기저기 개들끼리 컹컹대는

개 다발 지역 개 잦은 지역

안개 속에서 빼꼼히 벚꽃 구경하는 수많은 개 지역들

밤에도 빛나는 저 푸르른 야생의 눈빛들

얼핏얼핏 드러나는 붉은 잇몸 사이 번쩍이는 날카로운 덧니들

그 덧니들에 찍히고 찢어질 삶과 죽음 사이

너는 4기통 나는 6기통의 본능을 갖고서

낮고 느리게 짖어 대는 끝날 줄 모르는 욕설들

점점 지축이 흔들린다

들개 한 마리

로켓포 추진기 발사체가 된 엉덩이 뒤로

바짝 뒤쫓던 들개끼리 엎치락뒤치락

지우려고 용쓰다 지우지 못해 더 지저분해진 사고 다발 지대의

백내장 걸린 감시카메라 속에 '사자의 서'가 누워 있다

개 다발 지역 너머 졸음 휴게소 너머

십자가를 짊어진 견인차 줄줄이 누군가의 죽음을 기다

리고 있다

—「안개 출몰 지역」 전문

백내장 걸린 감시카메라 속에 '사자의 서'가 누워있다

개 다발지역 너머 졸음 휴게소 너머

십자가를 짊어진 견인차 줄줄이 누군가의 죽음을 기다

리고 있다

현대는 백내장 그 흐린 눈으로 세상을 바라보고 있다. 수술이 필요하다. 감시가 필요하다는 집단 무의식을 부추기고 있다. 개 다발 지역, 개 출몰 지역이며 개 잦은 지역이다. 이빨을 드러내며 짖어 대는 위험한 곳이다. 대낮보다 더 환한 벚꽃 흔들리는, 그 아래 십자가를 짊어진 견인차 줄줄이 누군가의 죽음을 기다리고 있는 냉정한 세상이다.

불행만으로도 배부르던 그 골목

어둡고 축축한 골목이 술 취한 고개를 꺾을 때

몸 가누지 못하는 뒤통수가

휘어진 길을 벽 짚어 가던 사람

파멸의 단초를 없애려고 도망치던 지하방엔

울음의 척추를 꺼낼 열쇠가 있었으나

노래방 간판이 바뀌어도

아무도 눈치채지 못했다

세상의 모든 길이 변하듯

자물통이 바뀌었어도

기억 속 그곳에는 검은 서리가 앉아 있다

열쇠는 내 손에서 흰 비늘을 빛내며

떨고 있는데

별똥별 하나까지 모두 마셔 버리고 취한 겨울이

지상에 내려와 비틀거린다

점점 노곤해지는 밤의 흰자위

밤의 속눈썹이 어둠의 눈매를 깊게 한다

회칼 치켜든 바람은 겨울의 전류에

푸른 입김을 뿜어 대고

시퍼렇게 창자 속부터 얼어 가지만

얼음 파편을 튕겨 내면서 겨울은 굴러간다

차창 가득한 성에꽃들 얼음 심장으로 고독을 견딜 때

차창에 가만히 입김을 불어 주다가

성에꽃 꽃밭으로 봄을 불러 보면

달리는 바퀴 사이로 아지랑이 감겨 오고

내 꿈이 핏빛 입술 들이대며

밤의 빙판을 활활 불태울 때

멀리 뜨거운 시리우스도 꿈속에 들어와 안길 것이다

—「세상 모든 시리우스에게」 전문

흐릿한 몽롱함으로 일그러진 사물들의 얼굴은 시인에게 먼저 사람으로 읽힌다. "불행만으로도 배부르던 그 골목/ 어둡고 축축한 골목이 술 취한 고개를 꺾을 때/ 몸 가누지 못하는 뒤통수가/ 휘어진 길을 벽 짚어 가던 사람"은 최첨단 현대식 건물이나 빌딩 숲에 사는 사람은 아닐 것이다. 그 '골목'은 휘어져 있는데 골목도 골목이지만 "휘어진"은 '굴곡 많은'과 동의어가 아닐까. 그 사람은 "별똥별 하나까지 모두 마셔 버리고" "지상에 내려와 비틀거"리는 겨울을 살았으리라. "회칼 치켜든 바람은 겨울의 전류에/ 푸른 입김을 뿜어 대고/ 시퍼렇게 창자 속부터 얼어 가지만" "차창 가득한 성에꽃들 얼음 심장으로 고독을 견"디며, 그래도 살아야 한다고 살아 내야 한다며 "얼음 파편을 튕겨 내면서 겨울"을 굴러갔으리라.

'개똥으로 굴러도 이승이 낫다', '죽은 정승이 살아 있는 개보다 못하다'는 속담도 있듯, 그나마 이 '사람'은 검은 서리가 내려앉은 바뀐 자물통을 바라보며 자물통에 맞지 않는 열쇠를 지니고서 포기하지 않고 아직도 "휘어진" 골목을 헤매고 있을 것이다. 이쯤에서 보면 시인의 손에서 흰 비늘을 빛내며 떨고 있는 열쇠는 '저쪽'으로 가고 싶은 염원의 열쇠가 아닐까 아니 '저쪽'을 포기하지 않으려는 의지의 열쇠가 아닐까 더 나아가 "핏빛 입술 들이대며/ 밤의 빙판을 활활 불태"우는 데 필요한 꿈꾸는 열쇠가 아닐까.

그래서 끝내는 이 열쇠를 통해 지독한 안개를 뚫고 '흐릿한 몽롱함' '저쪽'인 '혼륜渾淪'의 세계를 바라보려는 것이 아닐까.

습관처럼 질주하던 말이

오늘도 이십사 시간 불 밝히는 식당을 기웃거린다

말끼리 한 잔 또 한 잔에

속내를 트림하는 말

위장의 쉰내는 우리들의 말을 서로 반복하게 한다

서로의 냄새에 무척 민감한 어미 다른 말들

뒷발에 걷어차인 소리로 언론사

윤전기 위에서 날뛴다

이리 차이고 저리 차인 활자들이 울부짖는다

몸부림치다가 고삐를 풀고 뛰쳐나간다

신호등 하나 껌벅이는 시간에도

말들은 수만 마리 새끼를 낳는다

초원의 말들은 살기가 없다

당근을 독점한 유비 통신들이 꼭두새벽부터

갓 낳은 새끼들에게 모종의 살기를 불어넣는다

강한 말은 펜 끝에서 나온다

가장 더러운 말도 펜 끝에서 나온다

새끼들 입에서 거미줄 같은 말들이

줄줄이 쏟아져 나온다

말이 말 타고 달리는 새벽

죽음도 모르고 날뛰는 말들 사이

진정한 말은 펜 끝에서 죽는다

—「죽음으로 향하는 말도 있다」 전문

다시 시 「안개의 저쪽」으로 가 보자. "안개가 잠 없는 말을 먹어 버린다/ 입이 먼저 사라지고 귀마저 닫힌다/ 팔다리까지 뜯어 먹는다". 첫 행부터 '말'이 나오는 것이 의미심장하다. 안개가 뜯어 먹는 말은 풀 뜯어 먹는 짐승이 아니라는 것은 확실하다. 여기서 "잠 없는 말"은 어떤 말일까. 실제 들에서 사는 말이나 경주마나 승마용 말들은 깊은 잠에 들지 못한다. 유전자에 각인된, 맹수들로부터 자신을 보호하려는 본능 때문이다. 그러나 이 시들에서 말해지는 '말'은 사람의 입에서 나오는 말들이다. 그렇다면 잠 없는 말은 어떤 '말'일까.

시 「죽음으로 향하는 말도 있다」를 보자. "습관처럼 질주하던 말이" "뒷발에 걷어차인 소리로 언론사/ 윤전기 위에서 날뛴다/ 이리 차이고 저리 차인 활자들이 울부짖는다/ 몸부림치다가 고삐를 풀고 뛰쳐나간다". 「안개의 저쪽」에서 "잠 없는 말"은 「죽음으로 향하는 말도 있다」에서 "습관처럼 질주하던 말이" 아니라 "몸부림치다가 고삐를 풀고 뛰쳐나" 간 말이다. 그것도 흔한 잡담이 아닌 "윤전기 위에서 날"뛰던 말이다. 그러나 "윤전기 위에서 날"뛰던 말도 "가장 더러운 말도 펜 끝에서 나온다"며 그 말의 "새끼들 입에서 거미줄 같은 말들이/ 줄줄이 쏟아져 나온다"라고 불신하고 있다. 게다가 그 말이 "죽음도 모르고 날뛰는 말"이라 한다.

다시 한 걸음 더 가 보자. "잠 없는 말"을 안개가 왜 뜯어 먹었을까 "잠 없는 말"은 깨어 있는 말이다. 그런데 '흐릿한 몽롱함' '저쪽'을 들여다보려면 깨어 있는 말을 타고 안개를 뚫으며 가야 하지 않을까. 이쯤에서 우리는 아직 안개의

'저쪽'이 아닌 '이쪽'에 있다는 것을 깨닫게 된다. '이쪽'에 있는 말은 어떤 말이며 '저쪽'에 속하거나 '저쪽'을 지향하는 말은 어떤 말일까. 위에 인용한 시는 이렇게 끝난다. "죽음도 모르고 날뛰는 말들 사이/ 진정한 말은 펜 끝에서 죽는다".

김수영 시인이 누군가의 시를 극찬할 때 "그의 시에서는 죽음의 음악이 흐른다"라고 했다. 진정한 말은 죽음의 통과의례를 거친 말이어야 한다는 것을 시인은 이야기하고 있는 것이다. '흐릿한 몽롱함'을 지나 '저쪽'인 '혼륜渾淪'의 세계로 나아가려면 세상 모든 말들이 죽어야 한다. 이 죽어야 하는 말들은 하이데거가 이야기한 잡담이나 불안이나 세론 등에 물든 현존재의 안이함을 극복하고, 존재 물음에로 한 발짝 더 나아가 물질 만능을 극복한 의미들이 말로써 사물들의 진리를 드러내기 위해 죽어야 하는 말이어야 하지 않을까. 그래서 새로운 말들이 생명을 얻어 푸른 갈기를 휘날리며 말달리는 세상이 되어야 하지 않을까.

2

담묵에서 농묵으로 강렬하고도 차분하게 처리된 수묵화
네가 남긴 산사 같던 적요 기울어 가는 저녁 그림자 너는 원근이 구분되지 않는
흐린 먹물로 거기 서 있다
정좌한 기와집들이 소리 없이 지켜보고 있는 골목

절묘하게 마무리해 놓은 농담 기법, 눈 내린 뒤 쇠 종 속에 갇힌 물고기 울음소리처럼

붓끝에 머물러 있는

지금은 사라지고 없는 그 동네가 문득 긴 잠에서 깨어나듯 기지개 켤 때

세필로 뻗어 가는 골목을 따라 점 하나 찍는다

너의 형상으로 다시 되살아나는

그 점 속으로 들어가 한 점 농묵으로 섞여 번져 간다

문득 목탁 소리처럼 다시 눈은 내리고

먹물 한 점이 그림 전체를

먹어 들어간다

—「그림을 망치다」 전문

"먹물 한 점이 그림 전체를/ 먹어 들어간다". 묘하다. 먹물을 들여다보면 검은색만이 아니라는 것을 경험한 사람이 많을 것이다. 푸른색이 감도는 오묘한 빛깔이다. 노자 1장에 보면

동위지현同謂之玄이라

현지우현玄之又玄하니

중묘지문衆妙之門이라

가믈다는 것은 거슬러 올라가면 도에서 나온 것이라

가믈고 또 가믈지니 오묘함이 이 문에서 나오느니라

천자문에 보면 검을 현玄이라 나오지만 옛 어른들은 검은 빛이 아니라 했다. 가믈고 신비로우며 아득하고도 그윽하며 오묘한 빛이라 했다.

현玄은 무위자연無爲自然과 더불어 노자 사상의 핵심을 이룬다.

네가 남긴 산사 같던 적요 기울어 가는 저녁 그림자 너는 원근이 구분되지 않는
흐린 먹물로 거기 서 있다
…(중략)…
지금은 사라지고 없는 그 동네가 문득 긴 잠에서 깨어나듯 기지개 켤 때
세필로 뻗어 가는 골목을 따라 점 하나 찍는다

—「그림을 망치다」 부분

"흐린 먹물로" "점 하나 찍는" 일이 "그림 전체를/ 먹어 들어 가"는 일은 "목탁 소리처럼 다시 눈은 내리고" 위에서 이루어지고 있다. 여기서 이 시의 제목을 다시 생각해 보면 「그림을 망치다」이다. 왜 그림을 망쳤다고 했을까. "눈 내린 뒤 쇠 종 속에 갇힌 물고기 울음소리"가 그림 속을 번져 가는, 소리와 색깔의 경계가 무너지는 경지를 볼 수 있지 않을까.

그래서 '망치다'는, 경계를 허물고 경계의 '저쪽'인 '중묘지문衆妙之門'의 경지로 나아가는 일이라 보아도 될 것이다. '있음'과 '없음'이 같은 얼굴을 가졌다면 그림을 망치는 일이 그림을 살리는 일이 될 수도 있을 것이다.

어미가 방독면을 쓰고 허공을 바라본다
하늘 들판에 거미줄 같은 노선을 빽빽이 새겨 넣기까지
수많은 어미 아비들이 희생한 시대를 기억하는 중이다

눈 깜짝할 새 뚝딱 완성되는 도시의 힘
쉴 새 없이 전진하는 문명이 블루홀 빛 닮은 오존홀을
만들어 내고 있다
뼈를 튼튼히 키워야 할 도시가 근육위축증 앓는다
구멍 숭숭 뚫린 엽록소의 관절들이 부러진다
도깨비 같은 문명의 비소가 허공에 가득하다
어미 새는 돌연 변종의 고등동물들을 내려다본다
온실효과는 숲을 서서히 사막으로 만들어 갈 것이다
오존홀의 벌어진 입에서 나오는 악취가 빛의 속도로 퍼진다
어미 새가 곧 솟구쳐 오를 기세다
저 아가리를 향해 핏줄이 불끈거린다

쥐라기 시조새로부터
멸종한 족보들의 비상飛翔하던 발자취까지
일억 오천만 년 동안의 연대기를 간직하고 있다

기록은 계속된다

지금 새끼 새들은
움찔움찔 치솟는 기운으로 한창이다
날개를 들썩이다가
엉덩방아를 찧기도 한다
어미의 어미들 아비의 아비들의
하늘 들판 가득했던 힘찬 날갯짓을 닮아 가고 있다
이제는 새로운 노선을 하늘에 새기고
새로운 도시를 세워야 할 때

한 무리의 새가 나뭇잎 사이로 아득하게 깃들고 있다

―「새들의 특별시」 전문

"어미가 방독면을 쓰고 허공을 바라본다"에서 방독면은 독가스로부터 자신을 보호하기 위한 도구이다. 마스크로도 막지 못할 위험한 시대를 말하고 있다. 황사, 미세먼지, 유독가스를 분출하는 공장들, 석탄 화력발전소는 지금 이 순간에도 전 국토에서 연기를 뿜어내고, 그것도 모자라 여러 개의 발전소가 건설 중이다. "눈 깜짝할 새 뚝딱 완성되는 도시의 힘" 앞에서 "구멍 숭숭 뚫린 엽록소의 관절들이 부러진다". 광합성을 위해서는 엽록소가 필요한데 그 엽록소의 관절들이 부러지며 "도깨비 같은 문명의 비소가 허공에 가득하다". 한탄하고 있다.

孰能濁以靜之徐淸(숙능탁이정지서청)

孰能安以久動之徐生(숙능안이구동지서생)

하이데거가 서재 벽에다 붙여놓은 노자의 글귀다. 15장에 나오는 두 구절이다.

누가 할 수 있겠는가, 탁한 것을 고요함으로 천천히 맑게 만드는 것을

누가 할 수 있겠는가. 죽은 것을 오래 꼬물거리게 해서 서서히 생명을 얻게 하는 것을

정말 누가 할 수 있겠는가. 아무도 인간에게 말 걸어오지 않으며 오로지 자본의 노예가 되어 생산 기지로 전락해 버린 도시. 그리고 인간과 인간 사이에도 서로 도구로 사용되는 인간성 퇴락의 시대에 그래도 시인은 「새들의 특별시」에서 "이제는 새로운 노선을 하늘에 새기고/ 새로운 도시를 세워야 할 때"라고 말한다.

3

쓰러져 있는 비둘기 목덜미에

비둘기 한 마리가 주둥이를 깊이 묻고 있다

꾸르륵 살아 있다는 신호 아득하다

칼바람이 부드러운 털을 자꾸 일으켜 세운다
광장의 햇살이 모두 모여 그 모습을 비추고 있다
마지막 광점이다
청소원이 쓰레받기로 주검을 옮기는 동안에도
움직임 없이 서 있다
죽은 자리 몇 바퀴 돌다가
바닥에 얼어붙은 빵조각을 쪼아 보기도 한다
딱딱한 빵조각은 꿈쩍도 않는다
고개를 갸우뚱대며 먼 산을 바라보며
주변을 두리번거리기도 하고
그러다 문득 생각났다는 듯이
눈 쌓인 겨울 속으로 돌멩이처럼 날아간다

—「단단한 긍정 속으로」 전문

죽은 비둘기 한 마리에도 시인은 따뜻한 시선을 보내고 있다. "청소원이 쓰레받기로 주검을 옮기는 동안에도" "광장의 햇살이 모두 모여 그 모습을 비추고 있다"라고 말하며 남은 비둘기가 "그러다 문득 생각났다는 듯이/ 눈 쌓인 겨울 속으로 돌멩이처럼 날아간다"에서 시인은「안개의 저쪽」을 향해서 희망의 돌멩이를 날려 보내고 있다. 그 안개는 인간관계의 안개이며 국토를 절단한 휴전선일 수도 있다.

검은 대륙의 눈물을 후후 불며 마신다
임팔라도 원숭이도 얼룩말도 코뿔소도

보이지 않는다 모두 어디로 간 걸까

창밖으로

흰 광목천에 싸인 관을 가득 싣고 용달차가 지나간다

저승을 납품하러 가나 저 속에는 어느 짐승이 들어가나

…(중략)…

밀림은 어두워 가고

멀리서 하이에나 우는 소리 들려온다

…(중략)…

코뿔소 뿔 뽑힌 구멍 같은 시커먼 창 닫히는 소리

—「케냐, 문 닫을 시간」 부분

다시 자유푸 교수에게로 가 보자

한 번은 밤에 한적한 산길을 걷게 되었다. 칠흑같이 캄캄한 밤이었는데, 온 사방이 신비롭기까지 했다. 뭔가를 보려고 하면 뚜렷하지 않아 더 궁금증이 일기도 했다. 그러는 한편 이상한 위협마저 느껴져 온몸이 오싹해지는가 하면, 묘한 재미와 흥미가 일기까지 했다. 캄캄한 밤은 바로 나에게 미지의 세계였던 것이다. 반대로 환한 대낮의 나무숲과 정자를 또렷이 본다면 무슨 재미가 일겠는가. '검은 가운데 검은 것이 가장 묘함으로 들어가는 문이다'라는 노자의 말은 결코 단순한 검은색을 두고 하는 말이 아니다. 어쩌면 이 말은 어떤 세계의 크나큰 매력을 가리키는 듯하다. 마치 칠흑 같은 캄캄한 밤이 사람으로 하여금 미지의 세계에 대해 탐색하고자 하는 충동을 일으켜 그 묘妙(妙: 진眞, 선善, 미美)한 뜻을 구하게 만드는 것과도 같다.

예술가란 이렇게 어두운 밤길을 걷고 있는 사람과 마찬가지 아니겠는가

—자유푸, 『시인가 노래인가』, 학고재, 44쪽

우리가 안개의 '저쪽'으로 건너가기 위해서는 '흐릿한 몽롱함'을 지나 '저쪽'인 '혼륜渾淪'의 세계로 나아가야 한다.

세상은 안개 속에서 "밀림은 어두워 가고/ 멀리서 하이에나 우는 소리 들려오는" 밤이다. 이 밤은 사람의 밤이며 말들의 밤이며 현대 문명의 밤이다. "흰 광목천에 싸인 관을 가득 싣고 용달차가" "저승을 납품하러 가"는 밤이다. "코뚤소 뚤 뽑힌 구멍 같은 시커먼 창 닫히는 소리" 들리는 이 밤.

시인이란 어두운 밤을 홀로 걷고 있는 사람이다. 이 세계의 밤을 홀로 걷는다는 건 참으로 외롭고 힘든 길이다. 시인이 바라보고자 하는 「안개의 저쪽」이 더더욱 궁금해진다.